memory

[메모리]

호수문학회

초판 발행 2015년 11월 17일
지은이 호수문학회

펴낸이 안창현 펴낸곳 코드미디어
북 디자인 Micky Ahn
교정 교열 성건우
등록 2001년 3월 7일
등록번호 제 25100-2001-5호
주소 서울시 은평구 갈현1동 419-19 1층
전화 02-6326-1402 팩스 02-388-1302
전자우편 codmedia@codmedia.com

ISBN 979-11-86104-30-9 03810

정가 10,000원

m e m o r y

메 모 리

호 수 문 학 회

'기꺼이 몰락해 주마'

숙명에 순응하고 생을 불태우다

무수히 땅 위로 떨어지며

부활을 꿈꾸는 늦가을 낙엽들의

'자진몰락의지'의 계절

11명의 호수인들이

쓰고 또 쓰기를 수차례

치열한 글쓰기로 치유를

시도했습니다

한 자 한 자 조심스레 찍어내기도 하고

휘갈기듯 격렬하게 표출하면서

슬픔과 애도 분노까지 치유하려 합니다

상처 준 타인과 세상과의 화해도 시도했습니다

마치

'자기 파멸과 절망의 그물에 걸리지 않으려

스스로 안에서 폭발을 일으킨다'는

치유와 화해의 상징 바오밥 나무처럼

2015년 늦가을

호수문학회 회장 박서양

Contents

Contents

Contents

김용희

문석관

조숙자

저 창에 이끌려 모든 걸 버렸습니다.

화신로 잎맥 가르고 달리는 폭우가 거슬리긴 하나

낚싯대 걸쳐 놓고 건져낼 많은 것들에

나를 덧대볼 양으로 겁 없이 모든 걸 버렸습니다.

바늘 끝에 매달릴 그 무엇이 다른 그 무엇보다

또 다른 그 무엇보다….

한윤희

죠르바의 춤 | 가방과 밥알들 | Valencia호텔 창가로 찾아온
환생 | 하얀 방 | 숨 같은 길 | 소용돌이치는 사과 밭
흘러내리는 이 소리 | 빛나는 멜랑콜리아 | 저 뼈들과 우리 사이

P R O F I L E

서울 출생. 2005년 『문학 시대』 신인상 수상 등단 한국 문인협회 서정문학연구위원
호수문학회 회장 역임, 문파문학회 상임이사
저서 : 시집 『물크러질 듯 물컹한』
공저 『문파대표시선집』 『바람의 작은 집』 『숨비소리』 외 다수

죠르바의 춤

죠르바[1]! 당신의 책을 덮었는데도

자꾸 소리가 나요. 굵고 거친 목소리

팽글팽글 팽그르르

내 방을 떠나지 않아요

침 뱉어내듯 퉤!퉤! 뱉어낸 영혼

돌처럼 무겁고 단단한 말들

춤이 되어 나를 뒤흔들어요

그 가락 잡힐 듯 말 듯

페이지를 다시 펴서 크레타 섬으로 갑니다

자그락 자그락 자갈돌 밟으며

커다란 몸 덩실거리며 산투르[2] 켜는

당신의 소리가 들려요

몸속에서 튀어나오는 야성의 환희

갈탄 캐던 투박한 손

영혼을 캐듯

가는 현을 쥐어뜯는, 절규

나도 모르게 신발을 벗고 리듬에 맞춰

눈물 콧물 범벅이 되어 춤을 춥니다

당신의 춤, 어쩌면

텔루스[3]의 시일지도 몰라요

---

1) 죠르바 : 니코스카잔차키스 소설 『그리스인 죠르바』
2) 산투르 : 페르시아 악기
3) 텔루스 : 로마신화 인물, 대지의 신

가방과 밥알들

쉰내가 난다
의자 등받이에 걸어놓은 가방에
숨처럼 붙어있는 삭은 밥알들
두 눈 감고
설거지통 속에 쏟아붓는다
흐물럭 흐물럭
시큼한 밥알, 할 말 있는 듯

그랬었지
그 가방 들고 다니는 일 외엔
별 뾰족한 수 없어서
생을 걸기로 했었지
두 발로 걷는 일이 아니어서
영혼이 하는 일이어서
누울만하면 일으켜 세우고
누울만하면 잡아당겨서

Valencia호텔 창가로 찾아온

힐끗 거리다 돌아서려는
낡은 코트 자락
그냥 못 본 채 했어야 했는데
여행길 지친 몸 소파에 잠깐 뉘었다가
얼핏 스치는
어떤 이름으로도 부를 수 없는
오래된 얼굴
무거운 몸 나비처럼 일으켜
창 활짝 열어젖히고
가슴으로 부른다

설마, 여기서 그토록 오래
기다린 건 아닐 테지
약속도 하지 않았는데
여기까지 찾아와 깊이 파고들어
파르르 떨고 있다

어느 빈 벽이 걸치고 있는
늦은 오후의 햇살

환생

삼천육백오십 일 넘도록
책장 위에
가부좌를 틀고 명상에 잠겨있던
해골 같은 석류
무심코 닿은 손
바닥으로 떨어져 내리자
몸은 바스러지고
깨알 같은 생명들 쏟아져 나온다

하얀 방

길고 긴 시간, 늘어진다
까마득한 어제들을 어쩌지 못해
다시 감고 다시 조인다
헛되고 헛되다
섞이고 섞여 곤죽이 되고
겹치고 겹쳐
들리지도 들으려 하지도
않는 생

깜깜한 방

잊지 않고 찾아오는
하루하루 견디려
하얀 머릿결 같은 시간들
접었다 폈다
다시 접었다 폈다
TV 볼륨만 저 혼자 허옇게
천장을 두드린다
나를 낳은 그 방
나도 낳을 그 방

숨 같은 길

이 길 끝, 무엇을 볼 수 있을지 좁다란 길 따라 그냥 걷는다
안으로 안으로 끌려 들어간다 걷다가 구르다가 베키오 다리[1]
아래로 저 달콤한 문장 옆길로 달리다가 솟구치다가 단테[2]의
집 낡은 벽과 벽 사이로 흘러다니는 공기, 밥 먹듯 떠먹으며 글
자를 멘 사람과 지도를 펼쳐 든 사람 사이로 명품 가방과 명품
페이지 사이로 들이마시고 내뱉고 호수처럼 기다란 길, 누가
초록색 버튼을 누르는지 골목은 잡아당기고 나는 바닥에 굴러
다니는 먼지처럼 빨려 들어가고 끊어질 만하면 이어지고 끊어
질 만하면 이어지는 마약 같은 길

---

1) 베키오 다리 : 피렌체 아르노강 위에 세워진 다리
2) 단테 : 13세기 이탈리아 시인, 예언자

소용돌이치는 사과 밭

비 내리는 la roche[1]
비탈길따라 비틀거리는
빗물, 빗물따라
비틀거리는 영혼, 영혼따라
흘러내리는 빗금,
빗금으로 깨어나 말을 건다
볼 빛 붉어진 사과나무

빠르게 움직이는 고흐의 붓끝
뜨거워지는 이파리
주렁주렁 매달린 붉은 눈빛
빗줄기에도 꺼지지 않는 불꽃
길게 늘어선 사과나무
길게 늘어선 캔버스
소용돌이치는
이 안

---

1) la roche : 이탈리아 북부 아오스타 지역

흘러내리는 이 소리

엄마는 아이처럼
언니 치맛자락 붙들고

졸졸졸 졸 졸 졸
졸졸졸 졸 졸 졸

시냇물이 흐른다

엄마는 언니를 낳고
엄마의 엄마가 된 언니는
엄마가 좋아하는 것들
한 접시 한 접시
그녀 앞으로 옮겨 놓는다

엄마 ~~
엄마 ~~

시냇물이 흐른다

줄줄줄 줄 줄 줄
줄줄줄 줄 줄 줄

빛나는 멜랑콜리아

아이를 기다리며
차 안에서 시를 읽는다

무심히 서 있는 소나무 옆
저 혼자 빛나던 가로등
저 혼자 웅얼거리며 뜨겁던 빛
뛰어들어와 문 걸어 잠고 시동을 건다
아이를 태우지도 않았는데
시속 백오십 킬로로 운동장을 달린다
차바퀴에 물린 채 빛나는
그녀의 멜랑콜리아,
광기 어린 고독, 부풀어 오른다
거북 등처럼 갈라지고 터지는 차창
차 안에 갇힌 광휘
땅은 어두워져 가는데
땅은 어두워져 가는데

저 뼈들과 우리 사이 -해골사원[1]

막이 내린 지 이미 수 세기
다시 연극이 시작되고 있다
살과 혼 발라낸 사백여 수도사들의
유골, 서가의 고서처럼 쌓여있다
맑은 물만 담아내려 했던 뼈들
무대 미술처럼
팔 마디마디 손가락 마디마디
꽃인 양 샹드리아인 양
이십일 세기 디지털 벽에, 천장에
태연하게 무늬져 있다

움츠러든 눈동자들
뒤꿈치 들고 숨죽이며 굴러간다
죄진 것 없는 것 같은데 죄스러워
털부츠 신고 체크무늬 목도리 둘러멘
생이 왠지 부끄러워
저 수의같이 하얀 회벽에 박힌 것이
마치 우리 때문인 것 같아서
죄를 다 짊어지고 우리를 대신한 것 같아서

저 뼈들, 쉰 목소리로 발목 잡는다
'너희들의 미래야'

---

1) 해골 사원 : Roma, Veneto 거리에 있는 사원

끊임없이 존재를 자각해야 사는

두뇌와 마음이 있는 한

읽고

생각하고

써내려가기를 멈추지 못하리라

'죽음을 축제로 승화' 시킬 그날까지

박서양

P R O F I L E

서울 출생. 카톨릭대학교 국어국문학과 졸업

『문파문학』 시 부문 신인상 낭선 능난

한국문인협회 회원, 호수문학회 회장, 문파문학회 부회장

저서 : 시집 『리허설』

차라투스트라[1]에 관하여 I

잠은 음습막막한 현실, 긴 여행 끝내고 깊은 잠 빠질 그날까지
난 푸근한 잠을 위해 타협하지 않을 것이다
밤이 눈앞에서 영원히 꺼져 버렸으면 했던 날,
10년 묵은 소파를 치워버렸다.
단 5분을 등대고 누울 수 없었던 괴물
갓 시집온 침대 느낌 은빛 소파는, 침실에서 밀려나 거실을 배회하던
나를 덥썩 품어 주었다. 든든한 내 편 하나 생겼다.
벌러덩 누워 리모컨 하나로 심야 방송 섭렵하면서
설핏 잠들었다, 설핏 깨어나길 수 없이 반복하면
곤혹의 시간 잘도 흘러간다.
다음 날도
그 다음 날도
곤한 잠 구걸하지 않겠다.
십계명 중 서너 가지는 지키지 못할 것이고
시시각각 엉겨 붙는 불안 심리 품어 안을 것이고
잘 버무려진 증오 미움 곱씹으며 일상을 엮어나갈 것이다.
비애를 카펫처럼 깔아놓은 어둠의 등짝을 잘근잘근 밟아주고
침묵 깨우려 두들겨대는 둔탁한 리듬 익숙하게 귀에 담을 것이다
"잠들면서까지 살아갈 것을 걱정하는 자와
죽으면서도 어떤 것을 붙잡고 있는 자를
나는 보았네."

누군가에게 들켜버린 섬뜩한 민망함마저도

여지없이 그냥저냥 견딜 것이다

1)『차라투스트라는 이렇게 말했다』에서 인용

차라투스트라에 관하여 II

췌장암 말기 판정받은 엄마를 위해 잽싸게 만들어내, 매달린 신
대장 밑바닥서부터 치솟아 오른 청아한 아부
강직한 부르짖음에도 기적은 일어나 주지 않았다
구원의 확신 강요당하다
무너져 내리는 신체에 절망하다
몰락해버린 엄마의 육신
윤회도 내세도 없다니
배후 세계란 한낱 망상일 뿐이었다니
차가운 맨바닥에 철퍼덕 주저앉았다
병들면 마귀도 약해진다.

"차가운 눈길을 삶과 죽음 위에 던지며 지나가거라 말 탄 자여!"
30년 넘어 누렇게 바랜 시집 첫 페이지 빈 공간
연필로 흘려 쓰여졌다 세월과 함께 늙어가는 문구
아픈 몸이 아프지 않을 때까지
온갖 식구와 온갖 친구와 함께 가자던 김수영 시인
비쩍 마른 얼굴과 병색 짙은 표지 사진 속
쾡한 눈이 한량없이 선하기만 하다.
자유 핏빛혁명 위한 분노의 격한 숨결 어느 순간 사그라들면서
'거대한 뿌리'라는 제목이 무색하기만 하다.
병들면 마귀도 착해진다.

오늘의 요리

박서양

Ⅰ.Well-bing
불면과 망상은 한통속이다
밤새 지껄여대는 거실 TV 속 숱한 정보들
이어졌다 끊어졌다 귓바퀴에 맴돌더니
한순간 집착과 분노 맥없이 부서진다
망상의 무게가 갑삭하다
합해봐야 고작 한 시간도 안 되는 수면 상태
잠들었던 양 시치미 뚝 떼고 안구 속 붉은 거미줄 매단 채
번쩍 눈을 뜬 신새벽
육신의 허기가 주방을 향해간다
수도꼭지 거센 물살에 매운맛 털어낸 묵은지 한 포기
무항생제 고깃덩이 등에 업고 요동을 치다
들깻가루 들기름 합세한
완벽한 웰빙식 한 냄비

Ⅱ. Well-dying
'때때로 마시는 얼마간의 독
그것은 단꿈을 꾸도록 한다
그러고는 끝내 많은 독을 마심으로써
편안한 죽음에 이를 수도 있다[1].'

---

1) 『차라투스트라는 이렇게 말했다』 서문에서 인용

두꺼운 검은 냄비에 양념 끼운 묵은지 깔고
향이 독한 부재료 듬뿍 넣어 버무린 후
치명타 제초젤랑 쬐금만 넣으면
감쪽같이 정겨운 김치찌개 한 냄비
영혼의 허기가 저지르는 잔혹한 쾌락을
으시시한 배려를
맛있게 드세요

하루

박
서
양

Ⅰ. '이런 멜랑콜리커'[1], 좀머씨 이야기[2]

이른 아침부터

늦은 밤까지

두려움 가득한 시선 땅 쪽 향한 채

잰걸음

걷고

또

걸었다

'너무 바빠 지금 당장

너무 바빠 시간이 없어…'

밀짚모자, 버터 빵 한 쪽 외엔 텅 빈, 배낭 짊어지고

지팡이 휘둘러 땅 짚으며

쫓기는 맘

밟고

또

밟았다

수심 일백 미터 호수로 걸어 들어간 그 날

온종일 따라다니던 죽음의 공포 따돌리던 그 날

수면 위로 밀짚모자 흘려보내고

떠나왔던 곳으로 떠나간 찰나의 흔적
존재했지만 존재할 수 없었던
살았다지만 살았다 할 수 없었던
사람 하나
지구 상에서 홀연히 사라져 버렸다

Ⅱ. '저런 멜랑콜리커'
살아내는 일상이 전쟁인 사람
'자기 실망할 틈을 주지 않고
계속 몰아붙이는 아이스하키 선수들처럼'
정신 혼미하도록
무언가
늘
몰아붙이고, 살다가
미끄러져 넘어져 주저앉는
전두엽에서 흘러나온 우울질 사고와의 전쟁
멈춰지리라
'그러니 나를 좀 제발
그냥 놔두시오!'[3]

---

1) 박찬일, 『멜랑콜리커들』, 제목 인용
2) 파트리크 쥐스킨트, 『좀머씨 이야기』
3) 『좀머씨 이야기』의 좀머씨가 소설 속에서 세상 사람들을 향해 절망적으로 울부짖었던 절규

멜랑콜리커¹⁾

박서양

20년 전 늦은 가을
어깻죽지 한껏 기울인 정오의 햇살
성급하게 어둠을 암시하던 서너시경
벌레 먹은 무공해 김장 배추 앞마당에 쏟아놓고
서둘러 돌아가시던 엄마 모습
뽀얀 먼지 뒤집어쓴 낡은 승용차
주택가 골목길 돌아나갈 때
언뜻 차창 너머 나부끼던 흰 머리칼
휑한 가슴 쓸고 지나가던 암울한 이별 예감
문신처럼 찍혀 버렸다

두뇌를 속여
슬픈 기억 따돌려 빠져나가도록
기억의 회로 바꾸려는데
아직
여전히
기억의 창고에선
슬픈 예감 그 순간
'억새처럼 흰머리 바람에 나부낀다'

---

1) 애도가 지나쳐 죽음 사람의 유골함을 가슴에 품고 사는 자 - 박찬일의 『멜랑콜리커들』에서

Memory

-'사라져버린 사람들은 사라진 것이 아니라 사라져버린 것처럼 보일 뿐이다'

神이 허락한 행복한 일탈 만끽하는
六旬의 엄마를 보았다
호텔 침대에서 밤을 보내고
눈뜨자 달려간 뷔페식당엔 푸짐한 먹거리
커피 한 잔으로 마무리한 조찬의 설레임

섬광처럼 번뜩 떠올랐을 파타야 바닷가
거친 물살 가르며 요동치던 바나나 보트의 몸부림
죽음 거부하려던 뻣뻣한 간절함
다시 타오르고 싶었던 애착의 시간
맥없이 사그라들고
거친 호흡 다급했던 임종
눈멀고 귀 닫히고 말문 막히던 순간에도
불쑥 떠올랐다 수평선 넘어가버린
넓고 푸른 바다 상쾌한 갈매기 울음 황홀한 파도의 비명

호르몬 결핍으로 쪼그라든 감성
그리움조차 말라버린 비통한 나이
두 시간 풀코스 전신 마사지로 뼛속까지 시원함 느끼고
허물어져 가는 육신 태국산 건강식품으로 챙기고 싶은
서글픈 나이 六旬의 엄마를 보았다

천혜의 자연 품은 파타야에서
코끼리 등에 올라타 활짝 웃으며
神이 내린 잠깐의 행복 만끽하는
六旬의 엄마를 보았다.

나무야 나무야 단풍나무야

붉게 누렇게 머리 염색 시선 끈 것이
치밀하게 계획된 생존전략이었다구요
절규하며 추락해 보는 이 심금 울린 것도
켜켜이 몸을 접고 웅크린 채 청승 떨다가
바스라질 듯 땅속으로 스며든 것도
은밀하게 진행되는 생존 전략이라구요
나무야 나무야 단풍나무야
뿌리내린 땅속에선 돌발 행동
안토시아닌 독소 뿜어내 주변 생명체 몰아내고
이 몸이 죽고 죽어
이 몸이 썩고 썩어
내 몸 불살라 내 핏줄 번식 시키려는
필사의 종족 보존 전략
나무야 나무야 단풍나무야

목격자

늦가을
바삭거리던 낙엽 며칠 새 주욱 늘어져
도로 바닥에 엎어져 있다.
TV 화면으로 시선 돌리다 섬짓 얼어붙은 동공
긴 파장을 타고
時空 뛰어넘어
물씬 풍겨오는 피비린내
고무호스 매단 흰색 차량이
널브러져 지천인 낙엽 더미 속 붉은 자국, 훑어내고 있다.
물방울 파편으로 튀어오르는 단말마 비명
대낮 주택가 골목길 그 사건[1]을 보다
검정 호스 세찬 물살에
선명하게 말라붙은 그 악스러웠던 공포가
비실거리다 꼬리를 감춘다.
붉은 심장에 선명하게 찍혀 버렸을 생지옥 체험 현장

만추晩秋
바스락대던 몸뚱이 소파에서 끌어 내려
거실 바닥
습기 머금어 숨죽은
붉은 낙엽으로 뒹군다.

---

1) 주차 시비로 옆집 남자가 두 자매를 칼로 난도질 살해한 사건

일탈

어제 같았음

밥하고 상 차리던 저녁 식사 시간

40년 만에 만난 여고 동창이

무지 편했나 보다

파전 곁들인 막걸리 한 주전자 널름 비우니

순식간 뇌세포는 자유로운 영혼

발렌타인 17년산 작은 샷 두어 잔에

비틀거리는 작은 우주

바닥이 벌떡 몸 일으키는 바람에

맞짱 뜨려 철퍼덕 엎어졌는데

갈비뼈 한 점 금가지 않게

숨은 상처 구메구메 얼싸안은

시퍼런 멍 자국

꽃길

그날
하늘 빛깔 왜 그리 청명했을까
턱 끝 간지르던 바람 자태 어찌 그리 싱그럽던지
햇살은 눈이 부셔 실눈 뜨고 보았다.

처연하게 바라봐도 흥청대던 꽃 잔치
바라보기 처절해도 휘영찬란 봄은 봄

가는 비 기다리다
마음 샘에 고인 한恨
분수처럼 뿜어내고
툭 툭 툭
이승 인연 털어버렸다.

흐드러진 봄꽃 치장 꽃상여 둘러매고,
곧게 뻗은 꽃길 따라
아스라이
아스라이
저승 향해 가는 길

내가 너를 사랑할 때 많이도 가슴 아파했지

가슴앓이로 웅덩이가 깊이 파이고

고요히 맑은 샘이 솟아났지

아주 맑고 고운 샘물로….

양숙영

무명지 | 탱자나무 울타리 | 여인곡 | 무에의 도전 | 잃어진 날
마음 1 | 마음 2 | 마음 3 | 나의 꽃아 | 마주 보고 앉아

P R O F I L E

『문파문학』 신인상 시 부문 등단
한국문인협회, 국제pen한국본부 회원. 문파문인협회 운영이사
고양문인협회, 호수문학회 회원
저서 : 공저 『문파대표시선』, 『고양문인시선』 외 동인지 다수

무명지無名指

나비가 바다를 건너듯
바람이 산마루 넘어가듯
그렇게 세월 가라 했는데
구름처럼 무시로 빗줄기 쏟아내는
가슴 아린 무명지
아파도 아파도 잊은 듯이 살아질 거라
연둣빛 오월 어느 날엔
무명지에 깊숙이 박힌 가시 하나
잊으려 애쓰는 만큼 더 깊이 파고들어
시시때때로 마음 울게 하는
어머니 손마디
무심히 잠들었다가
당산나무 위를 오르내리는 하늘이다가
오밤중이면 찾아들어
파랗게 높은 별로 쏟아져 내린다

탱자나무 울타리

노랗게 영그는 향기
울안 가득 종종걸음 하던
어머니 그림자
덩그러니 툇마루에 앉아
흩날리는 하얀 꽃잎
무념으로 찾아 나선다
품 안에 자식은
쪼그라든 어머니 가슴에서
있는 진액 다 받아내고
끝내 다 하지 못한 말 한마디
하얗게 묻어나는 꽃물만큼
젖은 눈시울
바람조차 허허로운 밤
탱자나무 울타리 가지마다 가시 끝에
눈 시리게 달빛 맺힌다

여인곡

양숙영

이 밤 지새도록
소리 없이 멀어져 간 젊음이
당신께 바친
두려움 없는 해오라기 빛

이별 없이 보내려던
장밋빛 미소마저
밤하늘 잠재운 넋을 찾기에

기둥도 없이 세워진
기인 그리고 보다 더 짧은
내 사연을
매력도 없이 보내기엔
정녕 안타까운 밤

독백과 사랑과 허무 속에서 몸부림치고
그리고도 시원치 않아
입술을 짓깨물어 뜯어 검은 필 뱉으며
찬 이슬 기다림이 슬퍼
괴로운 심사여

이것은 모두 당신의 것

무에의 도전

메아리처럼
되돌아오는 당신의 사연은
벌써 구름 낀 빛살로 지상에 묻히어 가고
가슴에 부딪는 여운은 서러운 요정妖精이었다
하나의 흐느낌도 당신을 위한 애착이라면
오직 하나만은 여기에 남아 있기를 바라고 있었고
두 번 다시 무에서 난 생명이
돌아와야만 할 회기점에 머물기를 원했다
허나 망설이다 남은 찌꺼기 같은 사랑이
마지막을 다하고
하늘과 땅 사이
사랑과 증오 사이
날카로운 시신경은 무시되어 가고
멋없이 사랑해 온 슬기가
어쩜 밤마다 유성이 되고
사랑과 증오로 마음을 찢고 찢기우고
여운만이 역겨움에 탕진된 채
죽는다는 것을 두려워했고

하늘을 향한 기인 호흡은 멋쩍은 미소로 굳어버리고
일요일 어느 찻집에서 사랑의 짧은 애무를 잃어버렸다
이때부터 해와 달과 별이 배신에 떨고
빛나던 눈동자는 죽음보다 더한 괴로움이 있었으며
당신과 하나의 실오라기가 되기에는
아직도 오랜 옛날이어야 했고
그날을 갖기 위해서 보다 더 먼 미래이어야 했다

잃어진 날

총총한
그 빛난 동자로
달님을 잃었기
내 그리운 이 그림자를 잃었습니다.

어쩜
당신의 눈동자엔
그토록 아름다웠어야 할
웃음도 없고
백색 짙은 향기마저 잃었습니까

당신의 살뜰한 정
이대도록 마음에 전율을 느껴가며
당신을 사모한 까닭에

울음이 터집니다.
약속에 패물

마음 1

잠시 멈춰 서서 손 흔들고
금방 또 만나리라 약속이나 하듯
미소로 뒤돌아서 간다
순간 손 흔들지 말걸
웃지나 말지
그대로 손잡고 같이 가자 할 것을
후회하고 또 후회하고
곁에 없다는 빈자리가
하루가 한 달 같아서
보일 듯 말듯 눈앞에 모습이
마음 가득한데
허상으로 돌아와
품에 포옥 안기는 그런 날
자꾸만 눈물 훔친다

마음 2

오롯이 혼자이고 싶은 날
마음 오솔길 거닌다
바람결에 들리는
동박이 곤줄박이 짝 찾아 부르고
생강나무 마디마디 까르르 웃는 소리
내 가슴은 콩닥거리고
사부작사부작 발자국 소리
그대 오는 소리인가 뒤돌아보는
가녀린 기대가 작은 오솔길에 뿌려지면
혼자이면서 혼자가 아닌
그래서 행복하다
나 혼자서도 행복하다

마음 3

보고 잡은 맘
정갈스레 담긴 정한수 맹키로
찰랑대고 있제
항시 보고 잡아 징허게 눈물 질금거리넌디
워메 잊어 뿌렀는갑다
영판 맥없이 돌아댕김서
까막까막 했는가
쪼깐씩만 생각해주믄
무장무장 사랑할긴데
허어이 뭐시 그리 못 마땅찮은가
쓰잘떼기 없이 딴생각 마소
날마지 요로코롬 폭삭하니 삭아 뿔면
겁나게 보고 잡을긴데
솔찬히 맘 쓸 때 이자 못 견디는 척
사랑하는 맘 찾아오소
좋아하는 맘 숨굴 데도 없으면서

언제쯤 이녁이
사랑하는 맘 알랍디요.

나의 꽃아

차라리
미련마저 보내었더라면
내 품 안엔
하얀 꽃잎이 안겨졌을 것을

축축한 토양을 살며시 등지곤
연인을 기다리기에
너무나 지치도록

오랜 옛날로부터
내게 전하여온 하얀 꽃잎은
아리따운 소녀의 넋이었기에
잎마다 빨간 물을 뚝뚝 지우며…

지금은 두 시 삼 분 전
푸른 별만이 하나둘
파란 밤을 노래하는데
나는 그만 잠을 잃고
잎마다 연연한 계단 속에서
오르내리는 나이기에
순진에 지친 기다림

나의 꽃아
어서 좀 피렴아

마주 보고 앉아

어데 갔다 지금 왔노
니 볼때기는 축 처져가꼬
꼴 사납게 시리
낮도적 맹키로 눈매도 사나와지고
반짝이든 총기聰氣 어데 갔노
눈알맹이는 희멀거이 해가꼬
이자마 흉측해서 멀찌가이 가 삐렸음 싶다
이제사 자세 보니 괴물인기라
누구는 세월이 약이라카던데
어찌 기게 아닌개비여
모다들 나이를 묵더니만 괴물 군상들인 기라
아마도 거울이 마법에 걸린기라예
허허, 참 요상하게 생겨 묵었데이

감각을 스치는 손끝에 가을 편지 한 장

길을 묻다.

홍승애

PROFILE

경기 수원 출생
문인협회, 문파문학, 호수문학 회원
저서 : 공저 『숨비소리』 『문파대표시선 57인』 외 다수

가슴에 흐르는 꽃물 되어

당신의 가슴
붉은 꽃물에 멍이 들어
꽃잎 비린내가 나면,
아릿하고 애달픈 격정의
아득한 그리움의 시간으로
발자취 지문을 남긴다.
하얀 수국 소담스럽게 피어나던 어느 봄날
목울대 울리던 고음의 울림이 풍선을 타고
당신의 가슴엔 활짝 핀 꽃향기가 났지요.
웃음이 빛을 잃고 폭염 열기가 식을 줄 모르던
팔월이 익어가는 하얀 병동
벽을 향해 두 손 부여잡던 하얗게 벼린 머릿속엔
쾌속정처럼 빠른 시간을 정리하며
카발레리아 루스티카나 음률 흐름에
은빛 비늘 반짝이는 강물이 흐르고
그 강을 건너며 묻지도 않던 길
빛살 무지개 새벽차를 오르시어
아련하고 아련한 눈물 빛에
여울져 휘돌아진 아픔의 잔영,
아픔이 마를 새 없는 하얀 침대 위
육신을 파고드는 붉은 가시

삭제되고 싶은 얼룩진 날도
지우개로 지운 길,
새보다 자유로운 영혼으로
신세계를 향하여
마음껏 힘찬 나래 펴소서.

맨발의 이사도라

온몸 세포 구석 끝까지
실핏줄이 햇살로 번지는
신들린 광란의 절제 없는 춤사위,
소낙비 줄기찬 한마당
맨발의 이사도라,
포승줄에 묶여진
의연한 한시적 목숨의 빛깔
바다 끝 햇살의 비상하는 새가 되어
슬픔의 연못에서 새로운 스텝을 시도한다.
독수리 날개 펴며 돋우는 목청
하늘가 맴도는 꿈의 날개가
눈발처럼 날리고
얹힌 체증 먹먹함을 발산하는
혼신으로 헤매는 비상구에
아린 고통 찢기는 아픔의 소리
가슴으로 저며 든다.
슬픔의 잔을 나누며
등진 어깨 위로 녹아드는 가슴
아련하게 여울진 눈시울
석양빛 이슬로 젖어든다.

옛 친구

뭉근하게 덥혀지는 구들장 밑으로
타들어가는 가시나무,
소란스러운 불길
이글거리며 타오르던 열정이
이젠, 사위어가는
고통을 이겨낸 부드러운 속살로
피어나는 시간이다.
엊그제 같던
여리고 보드라운 동안의 미소는
억센 시간의 울타리를 넘어서고
아릿해오는 저 아득한 그리움
거침없이 스스러운 허물이 용서되는 나이,
온돌방의 은근함으로
훈훈하게 녹여진다.
햇살로 번지는 그리운 이름들
하나, 둘,
밤하늘별처럼 입안에 굴려본다.

그리운 옛 친구.

홍승애

들국화 향기처럼

여릿여릿 다가온 미소
새벽이슬 머금은 들국화 한 아름
하늘동산 우듬지에 꽃향기로 보냅니다.

밧줄에 매인 곡예사의 운명인가
징검다리 건너듯 한 땀 한 땀
생명의 발자국 지표면을 두드리던
살얼음 같은 목숨의 순간들,
단 한 번 외길 인생
활활 타오르는 불꽃으로
세상을 두드리며 외치고도 싶었을
슬픈 영혼의 목울대 울림,

만삭된 임신부의 출산일을 맞이하듯
한 해를 채운 송년의 밤을 지나
소문 없이 달려간 돌아설 수 없는 나라,
아우성 거리던 삶의 파편들일랑
이생의 강에 떠워 보내시고
천사의 깃털보다 가벼운 나래
휘이휘이 너울대며
하늘빛 계단 오르소서.

별처럼

홍
승
애

젊음의 열기가 탱탱하게
가슴속에 차오르던 캠퍼스 안에서
너와 난 스쳐 지나던 인연이었지
오랜 시간 고장 난 라디오처럼
끊어질 듯 이어진 시간이 지나고,
갈망하던 그리움은
아름다운 수채화처럼
밤하늘 별처럼,
수많은 시간의 깊이가 쌓이고
그리움은 촛불을 밝히는 마음으로
하나 되기를 원하는 기도가 되었다.

너와 난 가슴 설레는 만남이 되어
우리 소중한 시간들 한울타리 안에서,
아름다운 꽃으로 피어나고 싶어
순간순간 해바라기처럼 마주 보고 싶어
거친 파도를 이겨내는 사랑이고 싶어

눈부신 햇살이 쏟아지는 오월의 들판에
싱그러움으로 피어나는
풀 향기 같은 우리 사랑 이야기.

팔월의 창

가을 하늘보다 높은
푸른 동녘 창이 열리고,
숲은 절정을 이룬 녹색의
퇴적된 향기가
가마솥에서 끓어오르듯
상처진 아픔을 토해내고 있다.

푸른 잎맥이 노인의 야윈 손등 위
혈관처럼 드러나고
아줌마처럼 억세진 잎들이
뜨거운 열기로 목마르다.
졸고 있던 태양
청년의 불사신 열정으로
불덩이처럼 뜨겁게
정수리로 박히는데,
초록을 베어 문 아픔의 향기
질박한 삶 속에 스며들어
입추를 앞둔 막바지 여름
가을걷이
농부처럼 분주하다.

비 개인 오후

뜰 안에 만개한 연분홍 새댁
바람난 미망인의
흠뻑 쏟아내던 함박웃음
목마른 봄비에 젖어
술 취한 노숙자의 행색이다.

우아한 요조숙녀 슬픈 지렛대 위
마른 갈잎보다 진한 애달픈 낙화
햇살 아래 차오르는 녹색의 운무가
골짜기마다 옹기장 푸른 연기로 자욱하다.
정금같이 솟아오른 빛나는 태양
파스텔 잔잔한 꽃구름 피어나는 뒷산에
비에 젖은 비릿한 풀 향기의
싱그러운 음표가 떠돌고,
옥구슬 휘파람 소리에
열광하는 연둣빛 청년들
눈부신 청록의
햇살 같은 미소 빛난다.

비상하는 날개 -애견 타미

푸른 꿈
부러진 날개 절룩이며
징검다리 딛고 건너온 세월,
얼룩진 영혼의 덫이 되어
기능 상실한 중년의 고비 넘는다.

네 안에 생산 못 한 아픔
곪아진 내장의 상처
표현 못 한 눈가에 시름시름 젖어들고,
말 못하는 숙명으로
끌려가는 황소의 눈망울이다.
수술대 올라 떨던 네가
다시 찾은 기쁨이기 전, 고통으로 숨차 오른
아픔의 시간,
긴 통증을 간과하는 어둠의 터널에서
깊은 성찰의 시간이 지나고,
햇살처럼 빛나는
푸른 비상의 날개를 편다.

십이월의 생명

모두 떠난 빈 둥지
가슴엔 점점이 얼음 박히고
바람 모퉁이 홀로 선 물구나무서기
어둠 속 신기루 찾아 외진 길 춥다.
푸른 하늘 높이 띄우던 꿈
감아쥔, 인생의 허리에서
포물선 그리며 어둠 뒤에 서성인다.
스멀스멀 목울대 넘어오는 통한의 외침,
강보다 깊은 육신으로 흐르는
뼈아픈 절규로 시리다.
삶의 절벽에서 다시 잡은 생명의 끈
십이월의 성자 앞에
묵언의 눈동자, 애절한 눈빛
혜성처럼 스쳐 지나는 한 줄기 빛
획을 긋는다.

슈퍼문

어둠의 커튼이 열리고 은막이 오른 무대
첫사랑의 가슴 철렁한 얼굴이
환하게 웃고 있다.
은빛 반짝이는 신비의 실루엣으로
어둠에 날개를 편 하얀 밤
첫 키스하는 황홀감으로
푸른 달밤을 읽는다.
지구 안의 눈들이 하늘 위에 고정되는 시간
하얀 밤의 황제는 하늘의 수레를 이끌고
새벽으로 달리는데,
별빛도 긴장하는
어깨를 감싸 안는 은빛 나래
수줍은 신부의 눈부신 옷자락이
마을에 내려앉는다.

축제의 여흥이 출렁이고
사랑의 농주가 익어가는 웃음소리 왁자한데
빈 잔을 홀로 든 민초의 허탈한 가슴
세월의 자리에 빈지문을 남기고
기약 없는 작별의
점을 찍는다.

겨레의 미소

아련한 안개의 세월
가문의 어머니로 지나온 발자국 소리 들린다.
허전한 길모퉁이 장승으로 서서
오천년 긴 세월 휘돌아온
잠잠한 기다림 뜨거운 심장의
존귀한 이름,
굽이진 물결로 이어온 얼
환한 미소 아름다운 귀태 눈부시다.
꾸밈없는 자신감의 본토박이 의연함은
역사가 뒤바뀌는 순간에도 뿌리를 내리고
강인한 민족성의 은근함,
흰 백로 하얀 적삼의 단아한 모습이다.
대를 이어온 어머니의 꿋꿋한 정신이
오천만 가슴에 스며들어
손과 손을 잡고 결집된
민족의 꽃,
한반도의 넋이 되어
겨레의 숨결로 거듭나다.

가슴 미어져 드넓은 하늘로 날고픈
숨죽여 흐르는 바람에 몸을 맡기면
끝임없이 휘저어 갈 세상….

부성철

광장에 부는 바람 | 서울역 | 새벽달이 지다 | 길 (혹은 고해성사)
사라지는 것은 아름답다 | 안개 | 꽃 | 추회를 기다리며
여우비 | 바람 | 눈물 | 11월 | 옛사랑

P R O F I L E

제주 출생, 한양대 졸업
2002년 문학과 의식 신인상
호수 동인, 불시 동인
문협 편찬 위원

광장에 부는 바람

소동치던 구호들은 공중으로 뜨다.
바람에 밀려 북악으로 넘어갔다.
남은 신문 조각들은 이리저리 방황하다 스러지고
나무 끝에 매달린 우리 삶이
광장 빈자리엔 허한 아픔으로 남는다.

거리로 내몰린 바람은 갈 곳을 찾아
지하로 스며든다.
살아온 만큼 길은 널려 있고
현기증에 길을 잃은 시간이
가위 먹은 몸짓으로 허공을 가른다.
치장으로 스쳐 지나가는 이들이
웃음소리가 점점 아득하다.

돌아갈 곳이 없다.

서울역

지나갔죠
(내 주름 가까이하려 함은…)
심심한 찬송이 여운을 남기며

대합실 의자 위로
위로받지 못한 시간들이
조잡스레 조갈을 트고
창을 넘어온 달빛은 가녀린 하모니카 음률에
흔들립니다.

밤새 달려온 남도의 바람은
날선이 도시에 황망히 내리고
새로운 시작이 두려워
허둥대다
도시 어느 뒷골목에 다다르면
주먹을 입에 물고 슬픔을 삼킬지도 모르죠

늦은 시간들이 수선스레 자리를 뜹니다.
아무 관계 없는 시간들만 남아

어디로 가야 할지를 셈하고
첫차와
막차가 스치는
긴 철로 위로 부옇게 아침 해가 오릅니다.

갈 곳이 없습니다.

새벽달이 지다

수갑을 채울 수가 없다.
(수사 일지는 그렇게 시작됐다.)
어디서 건너왔는지
뒤숭숭한 말들은 온 마을을 전염시켜 나갔다.
번잡스레 오가는 무책임한 사건들
살아남기 위해
칼을 숨기고
결을 할퀴고 있다.

(일지의 둘째 장엔…)
혼자 깊어지면 혼자서 웃고 있다.
자기 자신의 이름을 부르고
자길 위로한다고 쓰여있다.
(일지의 셋째 장엔…)
그림자와 TV를 같이 보고
어둠과 같이 놀다
창으로 스며든 빛이 부끄러워 숨었다.

범인 없는 현장 검증은

달빛이 깊은 밤에 이뤄졌다.
헤매고 돌아온 저녁
이별이 아쉬워 미련과 놀다
창으로 스며든 별빛이 하도 고와
"탕"
왼쪽 가슴으로 손 방아쇠를 당기면
잠든 그대의 눈 위로 방울이 맺혔다.

지나온 길 위로 새벽달이 지고 있다.

길 (혹은 고해성사)

지난 길들은
아름답다고 쓰고 싶다.
(아무 관계가 없으므로)
잊혀져 가는 단어들을 붙들기 위해
하루를 센다.
풀리지 않은 의문은 답조차 의문인 거고

장례를 미치고 돌아오는 저녁
아무리 서툰 "시"를 써도 용서가 된다.

살아 있으므로
대답 없는 죽음보단
변명이라도 들은 내가 있으므로
어찌 살아왔고
누굴 아프게 했고
그것조차 용서가 되는 밤이다.

창을 넘어온
날 선 달빛이 스물스물 사그라질 때쯤
닫힌 눈꺼풀이 무거워

여린 마음을 열어도
(배반은 늘 믿는 것으로부터 시작되고)
주위를 둘러봐도
아무도 없다.

그냥 잊혀져가는 단어 중
사랑 하나만 붙들고 가자
(사라지는 길들을 위해….)

사라지는 것은 아름답다

신정동 사거리 모퉁이를 돌면
어지러이 걸려 있는 간판 속에
'그리운 전당포'가 묻혀 있다.

부끄러운 새색시처럼
차마 얼굴은 반듯이 내밀지 못하고
멀리 세월이 묻어 있는 녹이 슨 간판은

나눔 계단을 밟고 올라
삐걱 문을 열면 앉아있을
옛 아저씨 모습과 흡사하다.

어둡고 긴 복도 끝으로
햇살이 걸어와
아저씨 이마에 앉을 쯤에
졸고 있을
출입문 옆 시계는
어쩌다 다른 시간들보다 앞서가기도 하고
찾아오지 않은 옛사랑을 그리워하기도 하고

뒷날
다시 오마 하고
맡기고 간 그녀의 때 묻은 말은
이제
세월이 지나 아픔이 되고

안개

우리가 나누었던 밤
모래 위로 사라진 발자국
세상일을 접어
떠난
동해 조그만 바닷가
시간을 거꾸로 돌아 젊은 날의 한 모퉁이

시답지 않은 얘기에도
파도는 깔깔대고
그리고 하루가 갔다.
세월이 갔다.

삶의 조임에
탱탱 담겨 있던 신경줄이 풀어져
소주 한잔에 간이 부어오르면
곁에 있어도 맘 차지 않은 시간들이
헛되어 공간을 떠다니고
잠시 멈췄다. 떠나는 정동진역의 안개처럼
우리 삶도 그러하려니

8월은 그렇게 떠나고

그리움은

석순이 자라는 천 년 동굴 속으로 사라진다.

꽃

서가에 꽂혀있는 낡은 사전 속에 굳이 "꽃" 자를
찾지 않아도 "꽃"은 한때의 아름다움 그리고 시들면
누구에게도 잊혀져 사라져 버리는 것

뜰 한쪽에 모서리에 화단을 만든다.
고랑을 내고 흙을 뒤집고 햇볕이 지나는 길을 만들면
겨우내 참았던 새싹들이 살아나 꽃을 피운다.
나비가 찾아오고 지나던 바람도 잠시 멈추어
꽃잎을 흔들면
꽃밭은 한때 영화롭다.

그러다 언 듯 세월이 흘러
우리의 손이 무심해질 때쯤
가을비는 내리고
꽃은 이별의 준비를 한다.
차가운 땅속에서 새로운 삶을 기약해야 한다.

추회를 기다리며

늦은 저녁, 달이 뜨는 서산마루에 나와 바람을 기다린다.
둥그런 굴렁쇠 굴러가는 작은 하늘 위로 나의 미래도 떠
나고….
작은 작은 걸어오는 밤의 소리
그냥 그냥 울어대는 고양이 울음소리
애긋다.
살짝 비친 눈물을 훔치고 지나가야 하는 과거는….
골목길을 돌아 서둘러 돌아가는 시간도 멈춰 서서
울고 있는 아이를 본다.

어디서 왔다가 어디로 가는 걸까 우리는….

부성철

여우비

의정부역 남쪽 광장에
떠나버린 비둘기들은
그리워하는 이들이 있습니다.

부들부들
내리는 작은 빛줄기를 피해
처마 끝에 모여 앉아
어찌어찌 얻은 소주잔에 취하면

마뜩잖은 세상이 싫어
자신을 닮은 사내와
괜히 멱살잡이 하고

그래야
지울 수 없는 세월들을
모른 체 외면하고
오지 않은 비둘기들을 그리워합니다….

바람

남산으로 오르는 길섶에 앉아
밤새 달려온 기차가 내려준 차가운 바람이 외면하
고 간
광장을 내려다보며 바람이 운다.

소용돌이치던 삶의 물살이
바위에 부딪혀 다져진 소란스러운 날들이
빌딩 사이로 내달은 건
살아간다는 것 하나

잠시 숨 고르고
쉬는 듯하다가
격렬한 몸짓으로 울부짖기도 하고

스러진 이들에 혼을 담아
그들을 부르듯
그 속으로 들어가 그가 되는 길

삭막한 도시 마루 위로 동살이 튼다.

눈물

버릇처럼 잠에서 깬 시간
물구나무서서 별을 헤이듯
거꾸로 숫자를 접으며 잠을 부른다.
숫자 어디쯤 고운 숨결로 선잠 들고
잠긴 눈 속으로 고단한 삶만큼의 선들이 살아나
고운 달빛으로 그리움 하나 비쳤다 사라지면
마음속 움츠린 것 하나
위로 치밀어 정리되지 않은 언어들이 목줄에 걸려
몸속을 돌아다닌다.

우리들이 잠든 사이 나무들은 깨어
하늘과 만난 영혼을 만들고
바람에 실려 마음 가난한 이들에게 전이 되면
얼어붙은 마음속으로 별이 비친 듯
슬픔은 가슴 깊숙이 또아리 틀어
속내 어디쯤
탁치고 올라와 한 방울이 이슬이 된다.

만질 수 없는 것들은 많기도 하지

소리

바람

......

그런 것을 일수록 삶은 더욱 깊어

슬픔이라 이름 짓고

11월

사랑이었구나
떠나려 하니 아픈 것이
눈물은 훔쳐도 흔적들은 남아 있어
숨어 있던 기억들은 슬픔을 데려오고
왼쪽 가슴에 지었던 집들은
숭숭 구멍이 뚫려
바람이 새고 있었다.

가을걷이 들녘엔
새들도 떠난 채 빌하고
저 산도 화장을 지운 듯
나뭇잎을 떨구고 있었다.
(긴 겨울은 시작하려는 게지)

혼자 남아 돌아오는 길은 쓸쓸하고
마음 차지 않은 것만 남아
애린 가슴 젖어오고
한 장 남은 "카렌다"에 미련을 가져보지만
이미 찢어진 세월은 돌아오지 않을 것

아직 밤이 시작되기 전

어스름 저녁처럼

11월은 그렇게 어저쩡한 모습으로 서 있었다.

옛사랑

(회상)
차창으로 스치는 산의 능선이 밤안개 사이로 피어나
편안한 그리움으로 다가왔다.

컴퓨터 검색창을 친다. 있다.
그녀의 모습과 전화번호가 뜬다. 보고 싶다. 전화를 하고 싶다.

(그리움)
기다릴 수 없어 걸었어
괜찮지
나 교양 없다고 그럴 거야
그럼 나 싫어
울어버릴지도 몰라
이쁘다고 그랬잖아
당신 탓이야. 아니 밤 탓, 능선 탓, 능선 위로 피어난 안개 탓.
걸려온 전화는 이렇게 쪼잘댈 것만 같다.
남자는 여자의 전화를 기다렸다.
이쁘다 쪼잘거려도 이쁘고
그냥 입 다물고 있어도 귀엽다.
그때 단어를 찾지 못해 그랬는데 남자의 친구가
얼른 거들었지
"귀여운 여인" 영화 봤느냐고

그렇지만 "해리가 샐리를 만났을 때" 그 배우가 더 닮았다고 그
랬듯이
　자긴 "린 단팜"을 더 닮았다나 어째다나
　생각은 자유고 표현은 긍지라지만 자기 보고
　자기가 이쁘다는 여자는 정말 귀엽다.
　그녀의 어릴 적은 잘 모르겠지만
　그리고 그녀가 꼭 그렇다는 아니지만
　별로 잘 못 부르는 노랠 두 주먹 쥐고 열심히 부르는
　어린이를 보면 정말 이쁘다.

　(수작)
　난 너를 보면 장미가 생각나
　춥다 배고프다 외롭다 투정할 것도 같고
　그리고 내가 춥다 외롭다 하면 자기가 슬퍼져
　날 안아줄 것만 같은

　지구로 내려온 "어린 왕자"는 목성에 두고 온
　장미가 제일 생각 난단다.
　곁에 있을 땐
　이거 해달라 저거 해달라 귀찮아하지만
　떠나온 뒤론 죽 걱정이 되었지
　지구로 내려온 "어린 왕자"는 여와의 만남에서

만남의 관계를 전해준다.

더 자세히 얘기하면 싫증날까 봐 그만하지만

만다는 것을 길들여지는 것

길들여지는 것은 모든 것에 의미를 갖는 것

늘 지나던 보리밭에 너를 만난 후에 황금의 머리칼같이 보이는 것

니가 떠난 후에도 난 너를 그리워할 거야

여자는 남자가 머리가 나쁘다고 생각했는데

어쩜 머리가 좋을지도 모른다고 생각했다.

남자친구가 말한다.

우린 이미 정해진 사이였고

택도 없는 농담이지만

살짝 귀에 닿는다.

날아가 버린 99% 농담이

남겨놓은 1% 말 하나가

여자의 가슴에 살아남아

그래 혹 이미 정해진 것이었을지도 모른다는 운명론을 믿고

싶어 했다.

(시작)

눈발이 날리고 있었다.

그 해 들어 서울은 첫눈이었는데
남자는 사실 첫눈에 의미를 별로였거든
그런데 남자는 첫눈에 의미를 생각하게 되었다.
눈이 와서 교통 체증이 심했는데 그녀와 다니며
솔직히 잘 모르겠다.
그런데 신경 쓸 여자가 없었나 봐
눈발이 내리는 강변을 따라
눈발이 쌓이는 산성길을 따라
그들은 농담 따먹기를 한다.
따먹고 따먹어도 남아있을 것만 같은 농담
그것이 첫 데이트였지 그래서 운명론을 믿을 수밖에

(첫 데이트)
밖은 겨울임을 보여주고 있었다.
어디로 갈까 겨울로 가자 겨울은 늘 따뜻하게 배어 있으니까
다행히 그녀가 웃어 주어 용기를 낸다.
가자~! 겨울로
"촌가"에는 겨울 그대로였다.
200원짜리 고속도로 요금만치나 시골 냄새 나는 길은
 조금 올라와 앉은 "촌가"는 누가 촌가 아니랄까 봐 닭털을 날
린다.
 겨울바람이 서성대고 있었다.

틈만 나면 끼어들려고 문틈 사이로 울었다.
설레는 마음으로 겨울행 기차를 탄 우리에게
겨울 방안의 따스함이 스몄다.
가자 겨울로
어느덧 겨울의 열차는 서서히 마을 하나를 지나고 있었다.
천천히 아주 천천히 긴 겨울의 끝 향하여 기적을 울린다.
잠시
음식을 기다리는 동안
방바닥에 누웠을 때 평화가 다가왔다.
그녀도 등을 바닥에 대어 쓸 때
남자는 방바닥을 하고 멀리서 흐르는 숨소리를 들었다.
여자가 웃었다. 남자가 웃었다.
평화가 다가왔다.
겨울이 오는 문턱으로 긴 여행을 떠난다.
가다가 이름 모를 역을 만나면 그냥 내려도 좋다.

받는데 익숙한 사람은 나눔을 모른다.

성안
김억수

| 수필 |

병실을 지키고 있던 표창장

보람을 느낄 때가 가장 행복하다 | 선물 | 첫사랑

PROFILE

수필가. 충북 충주경찰서 근무. 문파문학 운영이사

호수문학회장 역임. 경기지방경찰청 작가 역임. 학교 출장전담강사 역임

시민기자단 초대 총동문회장 역임. 청소년 심리상담사, 웃음치료사

병실을 지키고 있던 표창장

무더위가 계속되고 있었다. 점심 식사 후 식곤증으로 잠이 쏟아지는 오후다. 조용하던 무전 소리가 노점상의 녹음 소리처럼 반복되었다. 대낮에 아파트에서 강도 사건이 발생한 것이다. 현장 부근에 있던 순찰 차량이 현장에 도착을 하였다. 선배 경찰관이 사건 당시 상황과 범인의 인상착의를 파악하는 사이 새내기 양 순경은 현장을 떠나 엘리베이터elevator에 올랐다. 범인이 현장에서 멀리 가지 않았을 것이라 생각하고 혼자 범인을 찾아 나선 것이다. 아파트와 연결되어있는 지하 주차장을 수색하기 시작하였다. 지하 주차장 입구 쪽에서 걸어오던 남자가 양 순경과 마주치자 도주하기 시작하였다. 용의자와 인상착의가 같았다. 범인이다. 순간 양 순경도 뛰기 시작하였다.

아파트 지하주차장과 차량을 몇 바퀴 돌고서야 추격전이 끝이 났다. 범인의 어깨를 잡자 범인의 주먹이 양 순경의 얼굴을 향해 날아들었다. 주먹과 발로 서로 차고 뒹굴며 격투가 벌어졌다. 둔탁한 소리와 함께 머리에 뜨거운 피가 흘러내렸다. 범인이 양 순경의 허리에 찬 권총을 빼 개머리판으로 머리를 내리친 것이다. 양 순경이 잠시 주춤하는 사이 범인은 총을 들고 뛰기 시작하였다. 범인과 격투를 벌이며 총을 강탈하리라고는 생각을 못 하였다. 권총에는 탄환이 장착되어 있다. 상대는 흉악범이다. 범인을 잡지 못하면 권총에 의한 제2의 범죄가 일어나 주민이 피해를 당할 수도 있다. '국민의 생명을 지켜야 하는 경찰관의 총에 국민이 피해를 당하면 안 된다.'는 생각뿐 아픔은 생각할 시간이 없다. 양 순경은 범인에게 권총을 뺏어야 한다는 생각뿐이었다.

다시 범인과 몇 시간을 격투를 하며 뒹굴었는지도 모른다. 범인과 양 순경은 서로가 지쳐 이제는 일어날 힘도 더 이상 격투를 할 기력도 없다. 옷은 찢어지고 땀이 흘러 소가죽에 흙물이 묻어 굳은 것처럼 되었고 얼굴은 피와 흙으로 팩을 한 것 같다. 양 순경은 한 손으로 범인의 뒤춤을 잡고 한 손으로는 권총을 잡았으나 두개골 골절로 인한 과다출혈로 눈이 감기며 희미해져 가고 있었다. 그때 무전을 듣고 범인을 검거하기 위하여 순찰 중이던 동료 경찰관들에 의하여 발견이 되었다. 범인은 현장에서 체포하고 양 순경은 정신을 잃고 병원으로 후송되었다. '조금만 늦었어도 생명이 위험하였다."고 한다.

경찰관 직무집행법 제2조 1항은 국민의 생명, 신체 및 재산의 보호이다. 경찰관들은 오늘도 현장에서 국민을 위하여 밤잠을 이루지 못하고 뛰고 있다. 그들에게는 수고했다는 따뜻한 말 한마디는 힘을 실어준다. 양 순경이 회복이 되어 병실을 찾았다. 마른 체형에 더 수척해 보이는 양 순경은 죄인처럼 얼굴을 들지 못하였다. 위로의 말을 전하자 그제서야 겨우 무거운 입을 열었다. "범인을 잡아야겠다는 단순한 생각으로 단독 행동을 하여 죄송합니다." "수고했어." 웃어 보이자 양 순경도 빙그레 웃었다. 침대 머리맡에 조용히 병실을 지키고 있던 지방경찰청장 표창이 밝고 자랑스럽게 빛나고 있었다.

보람을 느낄 때가 가장 행복하다

미귀가자 신고가 들어왔다. 신고자는 미귀가자의 부친이었다. 딸이 사귀던 남자친구가 납치한 것 같다고 하였다. 지령실에 연락을 하고 위치추적을 하였다. 남자친구의 거주지 아파트 부근으로 위치가 확인되었다. 남자친구의 집에 가서 초인종을 누르고 문을 두드려도 아무런 반응이 없었다. 사귀던 남자친구이고 인기척이 없어 그냥 올 수도 있었으나 위치가 아파트 부근이라면 틀림없이 아파트에 있을 것이라는 생각에 그냥 포기할 수가 없었다. 그때 안에서 미세한 딸깍하는 소리가 들렸다. 그것은 분명 인터폰을 내려놓는 소리였다. 출입문 우유 넣는 곳으로 집 내부를 들여다보았다. 실내는 컴컴하고 아무것도 보이지 않았다. 문을 두드려도 반응이 없어 다시 우유 넣는 곳으로 동향을 파악하려고 하였으나 열리지 않았다. 집안에 사람이 있는 것이 분명하다.

무전으로 현장 상황을 보고 하였다. 그때 2번에 걸쳐 '사람 살려.'라는 희미한 여성의 목소리가 들렸다. 현장의 긴박함에 긴급 출동 지원 요청을 하였다. 경찰관이 집 앞에 와 있다는 것을 알고 있다. 범인과 피해자의 생명과 신체에 중대한 돌발 사태가 발생할 수도 있다. 만약을 대비하여 소방차를 지원 요청받아 안전 조치를 하였다. 과학수사팀과 강력 형사팀이 도착을 하였다. 1층 출입구 문을

김억수

열어주기 위하여 함께 있던 동료가 내려갔다. 범인이 도주를 하기 위하여 흉기를 들고 언제 문을 열고 나올지 모른다. 지원 경력이 올라오기까지 긴장감으로 짧은 시간이었지만 너무 길게 느껴졌다.

지구대의 경찰관이 하는 임무는 초동 조치이다. 현장을 보존하고 주무부서에 사건을 인계하면 임무는 다 한 것이다. 그러나 이 사건은 수사과정에서 피해자의 안전과 범인을 검거하여야 하는 특수성 때문에 매우 신중하여 한 명의 경찰이라도 더 필요로 하는 사건이다. 범인의 행동을 관찰하여 보고하려고 반대편 옥상 복도에 올라갔다. 다른 곳과 달리 이곳은 창문의 높이가 50센치 밖에 되지 않았다. 움직이면 불이 들어와서 일어나거나 앉으면 범인이 눈치챌 수도 있는 곳이다. 피해자의 모습이 가끔씩 보이는 것으로 보아 신변에는 이상이 없는 듯하였다. 경찰서장님은 범인을 계속 설득을 하였다. 범인은 창문을 열어놓고 방안을 서성이며 불안한지 가끔씩 담배를 피우고 있었다. 찬 바닥에 엎드려 시시각각 범인의 행동과 피해자의 행동을 무전으로 보고를 하였다.

특공대가 도착을 하였다. 설득이 되지 않아 특공대가 옥상에서 범인 집까지 로프로 하강하여 범인을 검거하기로 하였다. 특공대가 현장에 투입하기까지 범인이 알지 못하게 하는 것이 제일 중요하다. 범인의 행동과 특공대가 열려있는 창문으로 용이하게 투입할 수 있도록 무전을 계속 송신하였다. 작전은 성공적으로 끝나고 범인은 살인미수, 특수감금 등 피의자로 체포하였고 피해자도 안전하게 구출하였다. 정확한 판단과 현장 보존, 미세한 것 하나라도 놓치지 않아야 하는 현장 경찰관들의 초동 조치는 매우 중요하다. 차가운 바닥에서 움직이지 못하고 긴박하였던 4시간은 힘들었지만 국민의 생명과 신체를 보호하여야 하는 경찰관으로서 보람된 시간이었다.

김억수

선물

경기도 일산경찰서에서 고향 충북 충주경찰서로 발령을 받았다. 36년 동안 타향에서 살며 수없이 지우고 그리던 고향이다. 아침 일찍 조상 묘소를 찾았다. 낙엽을 긁어내고 잡초를 뽑으며 하루를 보냈다. 해 질 녘이 되어서야 지치고 허기진 몸으로 귀가를 서둘러 산을 내려오고 있었다. 산기슭으로 고개를 돌리는 순간 발을 뗄 수가 없었다. 곧은 줄기에 평형을 이루는 잎 그것은 분명 산삼이었다. 가슴이 뛰기 시작하였다. 캐어보니 무척 오래된 것이었다. 아내가 웃으며 말하였다. "수고하였다고 조상님이 선물을 주셨나봐요." 산삼을 보는 순간 제일 먼저 생각나는 사람이 있었다. 법과 질서를 바로 세워 국민의 안전과 행복한 사회를 만들기 위하여 노력하시던 경찰 선배님으로 김석기 현 한국공항공사사장님이다. 훌륭한 리더로 항상 존경하는 분이나 몸이 허약해 보여서 선물로 주고 싶었다.

김석기 사장님은 경찰 지휘관으로 재직하시면서 불의를 용서하지 않았지만, 직원들을 만나면 먼저 인사하고, 입·퇴직하는 하위직 경찰관의 가족을 초청하여 주인공으로 그려냄으로써 가정과 직장을 조화롭게 병행할 수 있도록 하였던 자상한 지휘관이었다. 경찰이 잘해야 국민이 행복해질 수 있다며 경찰에 대한 부정적 이미지를 갖고 있는 국민들에게 경찰 마스코트 포돌이와 포순이를 창안하여 친근하게 다가가려고 노력한 경찰관이었다. 나와는 한 번도 재직시절 연을 잇지는 않았으나 재직시절뿐 아니라 퇴임 후에도 경찰과 국민들에게 남다른 애정을 갖고 계시는 분이라 항상 감사하고 존경하여 왔다.

"내 몫은 존경하는 분이 있는데 그분에게 선물로 주고 싶다."고 하였다, 아내는 누구냐고 묻지도 않고 "산삼을 감정하면 돈과 연관되어 갈등이 생길 수 있으니 감정하지 말고 드리세요."하고 말하였다. 김석기 사장님에게 전화를 하여 고향으로 발령을 받아 인사차 방문을 하겠다고 하였다. 바쁜 일정 속에서도 시간을 내어 주고 방문하던 날은 건물 입구까지 마중을 나왔다. 퇴직하신 후 한 번 만났을 뿐인데 경찰 후배라며 예의를 표하고 대함에 미안할 정도였다. 사장님은 "경찰은 열악한 근무환경에 고생하고 있다. 현장 근무자들이 고생하는 만큼 국민은 행복하고 국가는 안정된다." 지금도 국민과 경찰. 국가에 대한 사랑뿐이었다. 선물을 하려고 산삼을 가져온 것은 참 잘한 것이다. 라는 생각이 들었다.

이야기를 마칠 즈음 처음으로 산삼에 대하여 이야기를 꺼냈다. "쉬는 날이면 취미로 약초를 캐러 다녔다. 산소를 갔다가 우연히 산삼을 캐었다. 경찰 지휘관 시절 하위직 경찰관들에게 깊은 관심을 가져준 고마움의 표시로 가져왔다."고 하였다. "귀한 것은 어려운 이

웃에 쓰라."며 한 마디로 거절하였다. 구입한 것이 아니라고 하였으나 거절함에는 변함없었다. 청렴한 것은 잘 알고 있었다. 선물을 다시 싸가지고 나올 수밖에 없는 난처한 입장이었다. 그러나 존경하는 분의 건강을 위하여 꼭 드리고 싶었다. "건강한 몸으로 경찰과 국민을 위하여 일해 달라고 가져온 것이다." 그때서야 "후배님의 뜻이 정 그렇다면 받겠다. 건강한 몸으로 약속을 꼭 지키겠다." 우리들은 김석기 전 청장님을 잊어 가고 있지만 그는 아직도 경찰에 대하여 많은 사랑을 그대로 갖고 있었다. 조직을 떠나서도 조직에 변함없는 사랑은 힘든 것이다. 순간 가슴에서 울컥 뜨거움이 올라왔다.

접견실에서 나오자 한국공항공사 캐릭터 포티가 새겨진 머그컵 세트와 넥타이, 스카프를 챙겨주었다. 방문객에게 선물로 주는 것이라며 웃어 보인다. 자상하고, 부드럽고, 인자함은 친형을 만난 것 같았다. 소통과 진정성으로 취임 1주년 때 노조위원장으로부터 꽃다발을 받은 것이나, 공기업 경영평가 1위를 달성한 것 등 모든 것이 이런 모습에서 이루어진 것이 아닐까 생각해 보았다. 김석기 사장님을 뒤로하고 주차장으로 향하였다. 라디오에서 정치권 로비 사건으로 시끄럽고, 한여름 가뭄으로 농작물이 타들어가고 있었다. 청렴하고 국가관이 투철한 김석기 사장님과 잠시의 시간을 보낸 오후는 행복했다. 머지않아 소나기가 쏟아져 가뭄을 해갈시켜줄 것 같았다.

첫사랑

바다가 없는 충청북도 충주에서 자란 나는 바다를 보고 싶었다. 바다라고는 사진이나 텔레비전에서 본 것과 이태 전에 홍수洪水로 시내市內 반이 잠긴 것을 본 것이 전부다. 용돈을 절약하여 스무 살 여름 저녁에 바다를 보러 배낭을 꾸려 집을 나섰다. 충주에서 조치원 가는 완행열차에 몸을 실었다. 덜컹거리며 흔들리는 완행열차는 어느새 파도가 되어 몸을 흔들고, 어두움이 짙어가는 차창에는 갈매기 떼들이 춤을 추고 있었다. 조치원역에 도착을 하여 부산을 가는 열차 시간을 보니 2시간 넘게 남았다. 대합실에 나와 앞을 바라보니 작은 읍내邑內가 그렇게 아름다울 수가 없다. 대합실을 들락거리며 시간을 보내고 있을 때 열차가 도착되었는지 사람들이 쏟아져 나왔다. 모두 빠져나간 대합실에 다시 혼자 남았다. 청바지에 분홍 티를 입은 예쁜 단발머리 소녀가 대합실에 들어오더니 손짓을 하였다.

중학교에 재학시절 학생 잡지에 시를 응모하였던 적이 있었다. 글이 실리자 많은 학생들이 학교로 편지를 보내왔다. 바다가 가까운 김해 살고 있는 여학생과 몇 년째 편지를 주고받게 되었다. 본 적은 없었으나 그동안 많은 사연과 사진을 교환하여 그 소녀가 그녀라는 것을 느낌으로도 알 수가 있었다. 믿기지 않았다. 꿈을 꾸고 있는 것 같았다. 당시 농업에 종사하던 우리 집은 큰 홍수로 가세가 기울고 어머니가 뇌졸중으로 쓰러지시며 힘들었다. 가정 사정으로 학교를 고만두고 취직을 하러 간다는 편지를 보내자. 부산에서 대구까지 기차를 타고 오다가 기차를 타고 오면 만나지 못할 것 같아 충주까지 택시를 타고 왔는데 여행을 떠났다고 하자 다시 택시를 타고 조치원까지 달려온 것이다. 가정용 전화나 편지 외에는 연락수단이 없던 시대라서 미리 약속을 하지 않으면 만날 수가 없었다. 그런데 우리는 그렇게 만났다.

반가움으로 얼굴은 웃고 있었지만 몸은 움직일 수가 없었다. 가슴 뛰는 소리가 너무 커서 들킬까 봐 가까이 갈 수가 없었다. 쳐다보고만 있자 그녀가 얼굴을 쳐다보며 다가오고 있었다. 어찌하여야 할지 몰라 손을 내밀며 악수를 청하였다. 그녀가 품에 안기었다. 가슴이 터질 것만 같았다. 깊은 숨소리가 새어 나왔다. '만나지 못하는 줄 알았다. 보고 싶었다.' 그녀는 울고 있었다. 몇 년 동안 펜으로 만난 우리는 서로 깊은 정이 들어있었다. 부산 가는 완행열차를 타고 밤새도록 이야기를 하다가 새벽녘이 되어 그녀가 내 어깨에 기대어 잠이 들었다. 내 어깨를 내어 주는 것만큼 행복한 것이 없었다. 어둠이 깔리고 작은 텐트 속에 호롱불이 켜졌다. 멀리서 들리던 차 소리가 멈추고 풀벌레 소리와 동물들 우는 소리, 바람에 낙엽 구르는 소리만 들렸다. 무섭다며 품을 파고드는 그녀를

살포시 안았다.

개학을 하고 등교를 하였다. 학생과에서 불렀다. 생각하지 않은 사건으로 학업을 중도에 포기할 수밖에 없었다. 고민을 하다가 편지를 썼다. '어떻게 하든 학교를 다녀라. 학교를 다니지 않으면 만나지 않겠다.'는 답장이 온 후로 편지가 오지 않았고, 연락도 되지 않았다. 만나서 설득하려고 집으로 찾아갔으나 부산에 갔다고 한다. 해운대 바닷가에 갔다. 넓게 펼쳐진 모래백사장에 둘이 남긴 흔적을 밀려드는 하얀 파도가 지우고 있었다. 짧지만 긴 인연은 그렇게 끝이 났다. 술을 마시고, 싸움을 하고, 공원묘지에서 잠을 자기도 하며 방황의 시간이 계속되었다.

이것은 아니다 싶어 운동 특기로 군대지원을 하였다. 입대를 하여 정문에서 입초를 서고 있다가 눈을 의심하였다. 길 건너에서 손을 흔들며 도로를 횡단하고 있는 사람은 그녀가 틀림없었다. 현기증이 나며 가슴이 뛰기 시작하였다. "학교를 졸업하자 집에서 결혼을 하라고 성화여서 너랑 결혼하려고 찾아왔다. 연락을 끊으면 다시 학교를 다닐 것이라고 생각하였다. 학력은 내게 중요하지 않다"고 하였다. 3대 독자였던 아버지는 자주 환갑잔치에 며느리 잔을 받는 것이 소원이라는 말씀을 하셨다. 아버지에게 불효를 조금이라도 덜어 드리려고 군입대 전에 아직 어린 나이로 결혼을 하였다. 그녀는 결혼 사실을 믿으려 하지 않았다. 호텔을 나오며 내일 다시 오겠다고 하였다. 다음날 침대 위에는 장문의 편지가 기다리

고 있었다. '이제 마음을 정리하고 결혼을 하겠다.'는…. 가슴은 성
난 파도가 되어 깨어지지 않는 바위를 때리고 있었다.

또 한해가 저물어 갑니다 해마다 알곡을 원하지만

아직도 만족은 없습니다 그러나 이 가을에 아름다움을 담아

내일을 생각합니다 단풍잎처럼 곱게

채재현

가을을 타고 있다 | 들꽃의 세월 | 마당에선 | 봄비

새해 아침 | 장롱 청소 | 가을 풍경 | 가을 길목

하얀 밤 | 어느 삶

PROFILE

충남 서산 출생
『문파문학』시 부문 신인상 당선 등단
한국문인협회 회원 문파문인협회 회원
호수문학회 회원
저서 : 공저『기쁜 날, 슬픈 날, 즐거운 날』외 다수

가을을 타고 있다

가을이 후줄근한 모습으로
젖어 있다

언젠가부터 나무는
보일 듯 말 듯 서걱거려지고
앉으나 서나 푸르고 넓은 줄 알았던 나뭇잎
꿈결처럼 누렇게 변해져 마음이 시리다

내 줄기에서 꽃피고 열렸던 열매는
음식 맛을 모르는 모습처럼
해 뜰 때도 해 질 때도
어깨조차 부딪쳐 보지 못한다

낡은 벤치에 떨어진 나뭇잎
구름 너머 하늘을 보니
온통 명주실 가득한, 그러나
꽃보다 더 화사한 모습으로
지그시 고운 햇살 던져주며
버려라

버려라
외로움을

나의 줄기여

이슬 같은 빗줄기가
콧등을 때린다

채
재
현

들꽃의 세월

영문 모른 채 쓰게 된 족두리
종부의 가시방석이 되었다

맺어진 햇살
사각사각 스치는
남스란 치맛자락 소리에
심장이 서늘하게 작아지고
대청마루 안의 목침만 보아도
사대부의 삼종지의 귓전을 때린다

안방과 사랑방 사이에
소망은 하나둘 영글었으나
축문 읽을 가지 스러진 후
건넌방이 만들어졌다

꽃방석이 무엇인지 모른 채
가시방석 위에서
희로애락은 발 뒤에 감추인 채
점점 작아지는 점이 되다가

산마루로 이사 가신
들꽃 한 송이

가냘픈 낮달의 볼에
빗방울 떨어진다

채
재
현

마당에선

노오란 리본 속
눈물
깊은 바다는 허망을 담고
손길 기다리는 눈망울
어린나무 자른 도끼 주인은
숨바꼭질 여전하지만
장마당에선
좋은 일꾼 되겠다고
자루 뺏기에 마라톤 경주한다
자랑거리 잔뜩 적은
얼굴 내미는 두 손
잘 익은 벼 이삭 흉내 중이다

장마당이 소란스럽다

봄비

지난밤
창문 밖에서
자분거리는 발자국 소리
가슴속에 묻어둔
연녹색 꿈을
보일 듯 말 듯
창문을 살짝
두드리고 있습니다

맵살스럽던 바람
가을의 시간 속으로 배웅하고
수줍게 다가오는
꿈의 마중물 되어
자분자분 다가오는
초록 발자국 소리

연분홍 마음

새해 아침

바다를 등에 지고
불끈 솟아오르는 태양이
남빛 창공을 안았다

서릿발 앞에서 떨던
포장 속에 감추어진
내보이지 못한 가시
오늘 화장시켰다

활활 타는 아궁이에
재가 되어버린 아픔
납골의 항아리에 꽁꽁 닫히어
일어서지 못할 것이다

아픔 걷어낸 자리에
내일을 향한 꽃모종
자식 사랑으로 심고
정수기의 맑은 물로
목울대를 적셔
아름다운 숲을 만들고 싶다

장롱 청소

태풍이 휩쓸고 간 저녁
빗물 흠뻑 쏟아내고 난 뒤
장롱 안을 들여다보았다
정리되지 못한 장롱 안엔
먼지와 가시와 바윗돌이
엉겨진 채 뒹굴고 있는데

나날 나날 벽의 못 자국만 보았다

흐릿한 창 넘어
오만잡것 가득하다 생각한
그의 장롱 안
바다를 헤엄치는
물고기가 다 그렇듯이
못 자국이 왜 없을쏜가

내일 다시
장롱 안이 지저분할지라도
오늘
주섬주섬 청소하는

길

가을 풍경

마당의 멍석 위로
가을이 걸어오고 있다

강제 이주당한 고추가
일광욕을 즐기고
대기 중인 녹두알이
집 밖으로 튀어나와
멍석 한자리 점령하고 있다
오래전부터
멍석을 흘끔거리던 참깻단이
눈치 없이 하품하다 쏟아놓은 분신들을
지나가던 새들의
만찬으로 만들고 있다
고추잠자리 몇 마리 춤을 추다가
일광욕 중인 고추 등에 입 맞추고
오는 가을 마중하러 날갯짓이다

가을의 발자국

가을 길목

팥빙수 같은 바람이
새벽을 열더니
한낮 산통에 땀 흘리는
아스팔트의 열기가
여름을 붙잡고 몸부림이다

코스모스 꽃길 사이로
빨강 고추가 걸어오고
고추잠자리 몇 마리
산 너머 가을 굿 장단의
흥 이야기를 슬쩍슬쩍 흘리고 있다

막 세수를 끝낸 하늘의
해맑은 웃음 사이로
가을이
창문 밖에서 서성이고 있다

하얀 밤

자명종이 하품을 하다가
들어주는 이 없는 거실에서
힘없이 두 번 울었다
창문을 통해
내 침상에 들어온 별들이
전설 같은 잡초의 삶을
늘어놓으며
사금파리로 마음을 긁어대고 있다
피 흘림을 막기 위해
수십 마리 양들을
한 마리씩 불러 보아도
밤은 하얗게
불 밝히고 있다

갈바람 휘리릭 지나간다

어느 삶

동네를 지키던
아름드리나무
밑거름 없는 토양에서
봄 여름
땀은 물줄기였다
열매의 열매를 보듬은
가을 저녁
겨울은 안락의자일 줄 알았는데
험상궂은 손님 찾아와
성급하게 갉아먹으니
갈색 담쟁이 넝쿨처럼
안간힘이다
기억은 벼랑에 떨어졌다 올라왔다
검은 구름 언저리에서
가랑잎 부서지는 소리

푸른 잎 보일런지

세상에서 가장 아름다운

시간 시간

보석으로 반짝인다

조영숙

시월에 | 이 축복된 날에 | 살아 있음을 | 깊음으로
그리 아니하실지라도 | 걸어가는 새

P R O F I L E

장흥 출생, 『문파 문학』 시 부문 신인상 당선 등단
한국 문인 협회, 문파 문인 협회, 호수 문학회 회원
저서 : 공저 『잠시만 멈추고 싶다』, 『기쁜 날, 슬픈 날, 즐거운 날』, 『바람의 작은 집』, 『내 안, 내
안에서』, 『숨비 소리』

시월에

높은 하늘 멀리에서
늘
한결같은 온기를 뿜어내는
어머니
가을빛 흥건히 적시며
가슴에 그리움으로 짙게 남아
아름다운 향기
흩날린다

언제나 곁에 있어서
진정 아끼고 사랑하였기에
행복할 수밖에 없는
어깨 스쳐 가는 추억들
오래 지켜가야 할 힘으로

세월의 흐름 속에
깊고도 강하게 스며드는
울림

햇살이 눈에 붙는다

이 축복된 날에

꽃보다 더 예쁜 천사들을
사랑하는 이가 있다
높고 투명한 쪽빛 하늘
맑은 빛이 이마에 흘러내릴 때
아이가 신호를 보내는 소리에 귀 기울이며
가슴 벅차오르는 향기가 있다

우리들의 모습 생각이 달라도
해맑은 웃음소리 몸짓으로
교사를 닮아가는 아이들
가을의 빛이 될 튼실한 열매로
자라기를 바라는 가슴이 있다
공기 속에, 바람 냄새 안에 밝히 빛나는
아이들의 맑은 눈동자 보며
항상 아이들이 행복했으면 좋겠다고
노래하는 사랑이 있다

소중한 씨앗으로 심어져
가을의 빛 된 튼실한 열매로 태어난
"아이가 보내는 신호들"
꽃 닮아 천진스러운 만남의 축복

웃음 가득 하늘 가득이다

언제나 그 자리
뿌리에도 줄기에도 넓은 가지에도
잎 새 하나하나에도
아이들 향한 사랑의 마음 가득하여
아이들이 행복했으면 좋겠다 항상 되뇌이며
살아가는 스승
환하게 빛 되어 함께 호흡할 수 있음에
감사가 넘치고

저 찬란한 가을 꽃잎 속에
스승이 있다

살아있음을

흩뿌려진 별들 속에서
한 별이 되어
오늘까지 살아왔음을
감사해야지

막힘없고
붙잡을 수 없어
반세기 물 흐름 따라
서 있는 흔적
세월의 바람을 맞고

가시에 찔리며 아픔 느끼고
모든 것 사랑함에 감사해
목까지 차오르는 숨으로
기쁨 뿌릴 때

시계는 째깍째깍 흥겨워하며
오늘을 흐른다
지금
한 뼘 더 살아있음에
고개를 끄덕이며

햇살 받으니

세상은
짙은 초록이다

깊음으로

엄마
다녀옵니다

공항에서
출국 전 딸은
바쁨 속에서도 문자를 보낸다
오늘 떠나면
보름 후에 만나게 될 딸의 출장

꿈을
현실로 승화시켜
세계를 가슴에 품은
귀한 나의 분신

꿈 꾼만큼
하늘 햇살이
고운 미소가 되어
온 땅 가득이다

너의 가는 길에
걸음걸음

주 인도 하시리
순례자의 길처럼

깊음 속으로
깊음으로

그리 아니하실지라도

금으로 만든 신상 앞에
절하지 아니한 자
일곱 배나 더 뜨거운
풀무 불에 던져 넣어져

그 속에도 계신
능하신 손으로
건져내시리란 믿음으로
그리 아니하실지라도
불 속에라도
들어갈 수 있는 사랑

몸을 해하지도 않고
머리카락 하나
그을리지 아니한
큰 은혜

풀무 불보다 더 큰불로 오셔
높임을 받으시기에
합당하신 사랑

걸어가는 새

호수공원의 마른 잔디 위
새가 걷는다
옆에 사람 있는 눈치 알면서도
빈터가 되어버린 땅을
두 발로 두 발로

작은 주둥이 쪼개놓은 마른 씨앗
땅 헤집으며
하늘 위로 날아감을 잊은 채
바람에 날개 푸덕이며
산다는 것을 잠시
신음하고 있듯이

모든 의미 내어 버리고 갈
절박한 세월이 있는가

나뭇잎 털어버린 나무 바라보며
가을 꽃 향기 그리워
새가 걷는다

조영숙

그리움 넘치는 이야기

속으로

김용희

고향의 밤하늘 | 떠나는 날 | 허공 | 거울 속의 미소
은빛 바늘 | 새물내 | 철없는 사람 | 수석과 비단 헝겊
열정의 탑 | 육이오의 추억 속으로

P R O F I L E

충청남도 논산 출생
호수문학회, 문파문인협회, 서울 미술협회 회원, 가족전 대전현대갤러리
저서 : 공저 『소중한 오늘』, 『바람의 작은집』, 『내안, 내안에서』

고향의 밤하늘

칠흑빛
하늘 헤일 수 없는
별똥별 하나 뚝
떨어진다

초가집 지붕 위에
하얀 눈 소복이 쌓이고
아침 햇빛 고드름 매달려 있다

고라실물 대토롱 타고
널직한 학독에 물 졸졸 흐른다

높은 산 고향 집 울타리
할머니 사시던 곳
초가집 지붕 위에 하얀 박꽃
고향의 밤하늘이 보고프다

김용희

떠나는 날

하늘도 청명한 초여름
소나무 잎보다 더 많은 추억을 지붕 삼아
지나간 수십 년 무엇을 향하여 달려온 길인가
누구도 말할 수 없는 각자의 삶

올 때는 울음소리와 같이 오는 것
엄마의 품이 기다리고 있다
갈 때는 혼자 외롭게 꿈속으로 간다

그와 내가 떠날 안식처를 찾아가는 길
주님 품에 안기리

허공

푸른 잔디 위의 스윙 소리
그의 인생에서 가장 즐겁던 날들
힘차게 치던 골프공 소리 어디 가고
세월의 흔적 기억들 사라져간다

우렁찬 목소리 침묵을 지킬 뿐
장난기도 많았던 그
윤형 손힘이 대단해
손주들 악수하면 손이 아프다고 난리다
그의 손은 맥없이 침상의 밖으로 자주 떨어진다

칠순 잔치 대전 현대 갤러리 가족전
세종문화회관 서예전
당신 얼굴에서 만족스러운 웃음을 보았지

지금 무슨 생각해 아무 생각 안 나
이런 대화라도 나눌 때가 좋았다
모든 삶은 추억 여행 떠나가고
삶 죽음의 언덕 넘기가 그리 어려운 길
그저 시간 다툼을 할 따름이다

김용희

거울 속의 미소

무릎 인공 관절 수술
파편이 파고드는 듯
아파
아파
너무 아파
입속의 모래알이
내 목젖은 다 말라 황태 덕장의 명태 꼬리가 되어
구들구들하게 말랐다

물 물 물
내 입속은 사막을 거닐고
몽롱한 상태에서 오아시스를 찾아
밤새 입술 위에 그림을 그렸다
엉겨 붙어 말라버린 커피색 유화

너무 아파도 이빨이 빠지나보다
난 이제 여자 영구
거울에 비친 모습 나도 어이가 없어
물로 닦고 또 닦으니 이가 보인다
거울 속 내 모습 찾고 미소 짓는다

은빛 바늘

은빛 바늘 피할 수 없는 순간
오늘 몇 번의 공포에 떨어야 하나
바다에서 건져 올린 돌 위에 던져진 해삼처럼
몸도 혈관도 다 수축 되어버렸다

네 번째 성공이다
이렇게 며칠이 지나가고 이제는 도망이라도
팔의 주사 약물이 새버리고 두 팔이 멍투성이다
퇴원할 날도 머지않았는데 참자

은빛 바늘 또 나타났다
이불 얼굴 가리고 공포의 숨 들여 마신다
한 번의 성공
눈에서 눈물이 주르륵 고맙다는 말밖에
허전한 마음이 서럽다

김
용
희

새물내

휠체어 바퀴 열심히 돌리신다
이거 하나 먹어
싫어 안 먹어
천진난만 아이 같은 장난기
아 그냥 두어
사탕 하나 먹으라는데 왜 그리 삐져
새물내 같으신 분들
일어소설만 읽으시던 분
존경스러운 마음 일 년
통성명하고 보니 파평 윤씨
반가운 마음
우리 그이도 파평 윤씨
그 뒤로 인사를 하고 지냈으며
고등학교 선생님 유화를 그리시던 화가시다
동인지 드리면 과자도 주시고 사탕 주시던 선생님
머리맡 책장 어깨동무 하고 있던
책들 보이지 않고
조그만 친구 먼저 가시고
석 달 뒤 선생님
두 분 다 먼 여행을 떠나셨다

철없는 사람

육 개월의 혼수상태 중환자실을 빠져나와
일반 병동 사람들과 대화
요양 병원 활개 치고 다닌다
그동안 하지 못한 말 술술 나오고
시끄럽다 혼나는 것이 그의 직업이다
활기찬 그의 모습이 보기 좋다
병원 생활이 슬프기만 한 것은 아니다
오늘은 오천 원씩 내어 간식 사 먹는 즐거운 곗날이다

철없는 사람의 추억 여행을 떠난다
열다섯 살 연하의 여인과 흑장미 사랑을 하였다
장모님의 극심한 반대 무릅쓰고
결혼에 성공하였노라고 자랑단지에 불이 났다
키 크죠 곱슬머리에 외모가 받쳐주잖아요
그래그래 이 날도둑놈아
그렇게 웃고 떠들던 그가 아프다
하루하루 말라 들어 가고 노란 얼굴
대장암 말기 복수가 가득 찼다

그는 떠나고 빈 침대만 덩그러니 남아있을 뿐이다

김용희

133

수석과 비단 형겊

아버님은 광산 김씨 38대손 휘는 승수
아호는 담곡 1910년 10월 6일 출생
단골에서 태어나 어려운 환경에서도 큰 뜻 세우고
평양 기성의학 강습소 수료
조선 의사 검정고시 합격 의사자격증 취득하셨다
분제와 수석을 좋아하셨으며
아버님의 유품으로 마지막에 구입하신 수석 하나 내게 있다
가난한 사람은 무료 진료로 인술을 많이 베푸시던 아버님

용희야
학교 갈 준비하였느냐- 아니요
책가방 가져오너라
연필 깎아주시고 가죽 가방 메어주시며
학교에 잘 다녀오너라
네
나의 뒷모습 한참 바라보시던 아버님
수석 속에 보인다

어머님 전북 익산 금마에서 출생
친정집은 대청마루 가춘 사랑채 넓은
전형적인 양반가의 한옥 몽즉당 서재 있었다

유일하게 내가 보관하고 있던 명정하고 남은 비단 헝겊
얼굴에 온화한 미소를 지으시던 어머님 모습 스며난다
여자의 행복 누리셨던 분이시다

김
용
희

열정의 탑

나뭇잎 겹겹이 푸르름 짙은 초여름
논산시 양촌면 남산리 경사가 났다
1928년 용띠 사내아이의 울음소리 우렁차다
그분이 바로 건양대학교 총장님이다
1962년 김희수 박사님 김안과 병원 개원
동양 최대의 안과 전문병원에서
세계 최고 안과 병원이 되었다

고향에 마땅한 일이 없을까 생각하시던 중
인수중학교 운영난이 심각하다는 말 들으시고 망설이다
육영사업을 하신 동기가 되었다
지금은 명문 양촌 중고등학교로 세우셨으며
건양대학교 건양의과대학 총장님

소통은 혼자 하는 것이 아니다
교육의 기본은 인성교육이다 말씀하시며
담배꽁초를 줍는 총장님 그분이 바로 우리 숙부님이다
작은아버지와 작은어머니 두 분은 너무 검소하시고
타의 모범이 되시는 분
난 이상하게도 작은아버지가 어렵지 않아
버릇이 없는 조카딸이다
제삿날에는 내가 회장님 작은아버지는 부회장님

회장님 자리 양보하신다
너무 직위가 높으면 외로운 법이라고
이야기꽃을 피우는 중
너 반지 꼈구나 모양 좀 내려구요
허 참 네가 우리 집에서 제일 멋쟁이다

공주 이인 살 때 엄니가 나보고 이것 삼촌 갖다 드려라
손으로 동그랗게 뭉친 누룽지 냄새가 날 못 참게 했다
조금 떼어먹고 삼촌 방문 빼꼼이 열고 손가락 까닥까닥
엄니가 이것 삼촌 갖다 드리래
냉큼 받아가는 삼촌 뒷모습이 섭섭했다
나 조금만 주고 가지 그때는 왜 삼촌만 줄까
지금 생각해보니 우리 엄니 시동생이니까
아마도 그런 정들이 쌓여 남들은 무섭다는 작은아버지가
어렵지 않은가보다

메르스의 타격으로 병원 운영난 고생하실
숙부님 숙모님께 어떻게 위로의 말씀을 드릴지
작은아버님 항상 빛나는 청춘이시잖아요
오늘 팔팔 생신을 맞으신 작은아버지 평안과 행복을 빈다

열정의 탑 더 쌓으시기를 기도드린다

137

육이오의 추억 속으로

겨울바람 여름옷 속으로 파고든다
희망 절망 기대도 뿌리 뽑히고
누구를 위한 삶인가 젊은 청춘들
총소리도 요란하게 탱크 비행기 소리 아수라장이다
살아남은 사람들의 신음소리
가시밭길 따로 없다
언제나 보고픈 사람
어린 시절 방학 숙제
내일은 학교 가야 하는 날
큰 오빠 자연 숙제 내 공책에 새싹 그림 그려주고
글씨는 내가 쓴다고
선생님에게 들킬까 봐 작은 가슴 두근두근
걱정 이만저만이 아니다
책들은 너덜너덜 떨어지고
오빠는 책에 물 발라 다듬잇돌로 눌러 놓고
아침에 일어나니 내 옆에 가방 놓여있다
오빠는 나를 가슴에 안아주고 미소 짓는다

육이오만 되면 그리움 사무치는 큰 오빠
마음 깊이 묻어둔 정다운 사람
세월의 무게만큼이나 보고픈 마음

"시인은 그 모든 것을 사랑한다. 그건 원칙이다."

"시인이란 쉬운 걸 어렵게 쓰는 사람이 아니라 어려운 걸 쉽게 쓰는 사람이다."

"시인이란 이름에는 들꽃 냄새가 난다."

모든 것을 사랑하고 싶다.

어려운 것을 쉽게 쓰고 싶다.

들꽃 냄새를 풍기고 싶다.

사랑하는 마음이 부족하고 성숙되지 못하다.

쉬움 어려움의 구별조차 서툴다.

아는 정도가 이러니 남들이 내게서 들꽃 냄새를 맡는다면

기적이거나 그들의 선심이다.

그러나

시를 읽고 쓰는 것은 내게 큰 기쁨이다.

문석관

가을 운동회 | 양산과 우산 | 큰꽃으아리 | 고동소리
기다림 | 메르스코로나바이러스 | 궤적

P R O F I L E

호수문학회 회원

가을 운동회

하늘엔 만국기 펄럭
산 나무들이 물결 박수
운동장에는 청색 백색 머리띠를 두른 선수들이
호루라기 소리에 맞추어 맨손 체조를 한다

가슴에 풍선을 달고 50미터 달리기
공한지에서 연습한 기량을 십분 발휘하자
흰색 운동복에 반짝이는 가을빛 물든다

덤블링 2단 위에 서서 3단을 밀어 올린다

학부모 오자미 던져 터뜨린 오색 종이 가루
하늘로 피어오른다

기마전의 호루라기 울리자
함성을 지르며 머리띠를 향해 손아귀를 뻗치고

하늘 바다 거대한 구름 바위 굴리기
한참이다
청군 이겨라
백군 이겨라

할머니는 손자가 타온 노트 한 권
수상 장면을 놓쳤다고
아쉬움 운동장에 출렁

펼쳐진 돗자리에 잠자리 찾아와 음식을 나누어
허리춤에 넣어둔 호루라기 꺼내 호르륵
소리 따라 너울너울 춤춘다

운동장 너머 벼 이삭이 다투어 여물어 간다

양산과 우산

양산은 양산
우산은 우산
우산이 양산이고
양산이 우산인 것은
낯선 시선 낯선 시선으로
얼굴 피한 비 바지를 적시고 있지만
비 맞지 않았다고

내 살갗 햇빛에 약하여
우산을 백팩에 넣어 다니다
그늘 없는 곳 지날 때
우산으로 하늘을 가리지
양산을 우산으로 보는
낯선 시선에 낯선 시선을 보내며
여름을 거닐어

갑자기 비 만나도 두렵지 않아
양산을 우산으로 쓰고
우두둑 떨어지는 비 얼개를 뚫지 못하지

비속을 거침없이 가
얼굴 피한 비는 바짓가랑이에 뿌려지고
구두에 흘러내려도
비는 그곳에 자리할 수 없어

큰꽃으아리

큰꽃으아리
큰꽃아으리는 목차에 있다
큰손으아리는 인터벌과 함께 뇌리에 스치는 이름이다

덩굴식물
새로 뻗은 가지 끝에 화경 10센티미터 정도의 꽃을 피운다
약용 부분 뿌리
통풍에 효능이 있다
채취 시기 가을
미나리아재비과

목하 식물나라 명사를 배우고 있다
이국의 이름은 무질서와 대책 없는 나열이다
일조하는 것은 연륜의 망각, 늪
낯익고 근거리에 있지만 언제나 멀다
손끝에 묻어나지 않는다

잎사귀 모양에서 이름을 찾을 순 없다
줄기엔 느낌이 묻어나지 않는다
뿌리는 더욱 그렇고

큰꽃으아리 이국어지만

약 성분으로 소통을 청해온다

고동 소리

손과 손이 스칠 때
마음 듣기에 집중해도 울렁임 커진다
어깨와 어깨가 맞닥뜨리는 고동 소리
입 밖으로 나오지 못해 몸이 전율한다
머리에서 가슴으로 불끈 힘줄
걷는 길 깃발로 나부낀다

허공에서 조우하는 낱말들
웜홀[1]에 출렁, 출렁

어둠을 미는 길옆 상점 불빛
사과 붉은 볼을 내밀어
세상에 펼쳐진 밀어
숨죽일수록 두근거림은 파고들고
한 입씩 베어 문 사과 볼
인적이 뜸한 곳에서 꽃으로 핀다

창공을 꿰뚫는 고동 소리
지금 여기 천둥으로 다가와

---

1) 웜홀 : 우주공간에서 블랙홀과 화이트홀을 연결하는 통로

기다림

시간을 씹고 씹었다
줄어지지 않은 크기로 비는 내렸다
소낙비는 삼십 분이 제격임을 믿지는 않지만
빗소리도 씹어 목으로 넘겼다

시간을 빨대로 빨고 빨았다
문 쪽만 응시하며 빗줄기 너머에 있는
티없는 청량한 하늘빛
숨죽이며 빤다

습한 홀 기다림의 길이인가
시선이 집중되는 곳 시간이 는다
햄버거는 입에서 사라지고
커피잔은 바닥에서 마찰음을 낸다

아스팔트 박음질에 홍수 되어 떠내려가는 시간에
손을 흔든다
스마트폰 코팅에 개기름이 철철 흐르고
때가 차지 않은 허기는 떨림으로 흐른다

메르스 코로나바이러스

내가 나간다 모두들 엎드려라 아니면 넌 확진자 된다 격리 대상자 된다 자택격리 기관격리 감히 어디라고 고개를 드는가 국회는 대책 특별 위원회를 만들어야 한다 다른 일은 올스톱 히히 꼴 좋다 '우리 병원이 뚫린 게 아니라 국가가 뚫린 거'라고 내게 집중하지 않으면 넌 아웃 분신 14호를 봐 이제 맛을 보았는가 초동대응이 그게 뭔가 나를 알보다니 나를 무서워해야 한다 신문 너 나를 대서특필하지 않으면 넌 골로 간다 티비 너도 마찬가지 첫 화면에서 끝 화면까지 날 보여주지 않으면 영원한 정지 학교도 휴업을 해야 한다 큰코다치기 전에 내가 가는 길은 대문이 열려 있어 특히 병원은 내 밥 오늘은 어디서 식사를 할까 의사들이 무시하는 곳으로 할까 담당 공무원이 태만한 곳으로 할까 파란불이 켜졌다 달리자 달려 마구잡이로 먹자 과식은 없다

내 고향 중동보다 여기가 살기 좋아 냄비 기질 냄비다 들끓어라 끓어 이 좋은 기회를 잡지 못하면 바보다 바보 다음 단계의 확산이 없을 거라고 하면 난 그 담을 넘지 금리 너도 알아서 기라고 몸을 낮추지 않으면 경제를 말아 먹을 거야 히히 국무총리 청문회 희석시키기 인준 거부하면 여당 단독으로 처리하기 법무장관 정무수석 공석으로 그간 자리들 비워도 별일 없지 내 그걸 알고 대-한 민국을 휘젓고 있지

통쾌 유쾌 흔쾌는 이런 경우에 사용하는 거야 미 대사는 대통령

방미 연기 결정을 충분히 이해한다고 했지 거 자-알 한 거야 국회
법 개정안 정부 이송 일단 보류 요즈음은 술집 식탁 안줏거리는 풍
성 아니 독점 히히 나를 빼면 진공이다 성완종 울고 있다 국민연금
공무원연금 히히 1차 감염 2차 감염 3차 감염 지역사회감염(공기감
염) 지랄 발광을 하자 난 생산의 기술에 능하다 나를 업고 진실을
죽이는 특기 내 사술의 위력을 위해 길을 열어라 히히

　너희가 손에 비누를 칠하고 물로 씻어낸다고 그러면 되나 내가
싫어한다고 재채기 기침은 옷소매나 손수건에 하면 날 죽이는 거야
그럴 생각은 하지도 마 소양강이 목이 타고 바닥이 갈라졌다지 내
가 바라는 거야 비가 오면 나 죽을 수 있어 비야 비야 오지 마라 발
열이나 기침이 있는 사람과 접촉을 해야 난 살아 감염자 수를 늘리
지 히히

　메르스 메르스 메르스 정치에도 경제에도 사회에도 문화에도 병
원에도 시장에도 집에도 거리에도 영화관에도 남산 케이블카에도
북촌·삼청동 관광에도 마스크 마스크 마스크 해라 히히

궤적

당신의 궤적에 내가 있습니다.

피치 못 할 사정으로 변경하지 못해 더욱 가슴이 저미는 당신을 봅니다.

(시간 되면 연락주세요)

사정이 순간적 설복에 백기 올리고 마음 졸임 바람에 날려버려요

감정을 읽지 못해 상식 처리함으로 잠을 설치지 마세요

갈등을 지울 지우개를 드릴게요

우산 속 가지런히 걷지 못하는 뒷모습 봅니다

스며드는 비 피할 우의를 드릴게요

당신이 결정한 전부를 지켜보며 지금 여기 환한 미소를 날릴게요

우린 길동무이니까

새로움에 도전한다는 것에 일흔 나이를
잊고 설레며 부끄럽습니다.
망설이던 제게 용기와 기회를 주신
수필가 조흥제 선생님, 지연희 교수님께
무한한 감사와 존경의 마음을 드립니다.

지정당
조숙자

첫사랑 | 황홀했던 그날 | 그리운 내 손자 | 그대 향한 내 마음
가슴 따뜻한 당신 | 소박한 그 | 가을 | 봄
친구야 | 아름다운 손

P R O F I L E

경남 함안 출생
(주)신흥판지 부사장
새누리당 중앙위 여성자문위원

첫사랑

거리에 낙엽만 굴러도
가슴 설레던 시절
사랑이 무엇인지 알지 못하고
수줍어 손 한번 잡아보지 못한 사이지만
외로운 날엔 잔잔한 그리움만 여울지고 이제는
희미한 옛사랑의 그림자만 남았네

황홀했던 그날

은빛 푸른 물결 바라보며
터질 듯한 이 슬픔 그대 품에 안기어
푸른 물결 위에 훨훨 털어 버리고
싶었는데 오래 묵은 탓인지라
다 털지는 못하였네.
산봉우리 돌아올 때
그대 품에 안기어 내 마음
소리 내어 황홀한 꿈 꾸었네.

조숙자

그리운 내 손자

고사리손으로 할미 얼굴
어루만지고 행주치마 꼬리 잡고 놀던 그 모습
꿈결같이 지나가고
천 리 타국 널 보내고 베게 속 적신 날도
헤아릴 수 없는데 전화기 붙잡고
할머니 많이 많이 보고 싶어요.
목 메인 그 한마디 귓전에 아련한데
만날 날 기다리는 애끓는 할미 마음
너도 알고 있는지.
오늘따라 내 손자가 왜 이리 그리운지.

그대 향한 내 마음

봄날엔 그대의 꽃이 되고
바람 부는 날엔 그대의 언덕이 되고
비 오는 날엔 그대의 우산이 되고
눈 내리는 날엔 그대의 온기가 되리라.
그대 향한 내 마음.

조
숙
자

155

가슴 따듯한 당신

모래알처럼 많은 사람 중에 따듯한 가슴을 지닌 사람은
귀합니다.
즐거운 일이 생기면 함께 해 줄 사람은 흔하지만
당신처럼 울고 싶을 때, 만나고 싶은 사람은 아주
귀합니다.
이토록 귀한 당신을 곁에 두고 있는 나는 참 행복한
사람입니다.
또한 당신이 울고 싶을 때 나 당신 곁에 꼭 있겠습니다.
나에게 소중한 당신을 사랑합니다.

소박한 그

난 하나에 눈물 납니다 소박한 그
원래 촌사람입니다. 순수한 그
가진 것 없습니다. 겸손한 그
산청골 사슴 같은 그
그는 근세에 보기 드문 귀인이 아닐런지
그가 와 내 인생 봄날인 것을.

조숙자

가을

길가에 코스모스 날 반겨 손짓하고
높은 가을 하늘엔
뭉게구름 떠돌고 풍요로운 들판엔
황금 물결 춤추는 가을
밤이면 귀뚜리 슬피 울고
그리운 사람이 더욱 그리워지는
계절 가을

봄

겨우내 얼어붙은 대지가 녹고
남쪽에선 반가운 봄바람이 불어온다.
우리 경제도 반가운 봄바람이 따라
같이 오길 간절히 바란다.
일그러진 국민의 얼굴들이
이 봄에 진달래꽃같이 삼천리강산에
활짝 피기를 기원한다.

조숙자

친구야

은빛 푸른 물결 춤추고
병풍같이 둘러싼 산과
아름다운 곳에
이름 모를 새 소리와 함께
하루를 즐겁게 지낸 친구야
우리 서로 잊지 말자.
꽃향기 풍기는 오솔길도
가파른 고갯길도
우리 함께 가자
친구여
먼 훗날 이 세상 하직하고
저 세상에서도
우리 함께 가자
못 잊을 친구여

아름다운 손

새벽이슬 맞으시며
비 오고 눈 오는 날 가리지 않으시고
곳곳마다 궂은 일 외면 않고
해결하시는 미화원들
아름다운 손
메르스 선금 선뜻 내미는
향기로운 손
이런 국민이 있는 한 대한민국은
희망의 나라
우리 모두 이분들의 뜻 받들어
메르스 퇴치합시다.
파이팅 화이팅

조숙자 —

161

문학이론

수필과 시의
표현논적 거리

지연희(시인, 수필가)

수필과 시의 표현논적 거리

지연희(시인, 수필가)

　　수필과 시는 가장 근접한 문학 장르이면서 표현 방법 면에
선 먼 거리를 느끼는 장르이다. 수필은 서술성이 요구되는 이야기 문학으
로 문장을 단락의 깊이에 담아 발전 전개해 나가는 문학 장르인 반면, 시
는 전달하려는 의미의 크기를 행과 연으로 응축시켜 구조하는 감성의 구
체적 표현이라는 절대성으로 존재한다. '어떤 논리의 그물에도 걸리지 않
는 자유'를 표방하려 하는 시는 때문에 언어 표현논적 자유를 의미의 그릇
에 담아내곤 한다. 대상을 바라보는 시인의 시선은 그만큼 폭넓은 감성의
깊이에 충실해야 하며 보편적 언어를 뛰어넘는 시어 찾기에 고심하고 있
다. 언어는 의미를 담아내는 햇살처럼 빛나는 도구이다. 음식 문화가 맛으
로써 승부하던 시대가 지나 시각적 예술 감각을 통하여 효율적 미각을 유
도하기 위해 아름다운 그릇 위에 음식을 디자인하여 담는 시대로 변하고
있다. 문학은 사용 언어의 크기에 따라 빛을 내는 까닭에 수필문학이든 시
문학이든 고심하지 않을 수 없다.

　　문학적 언어, 문학적 표현에 유의해야 한다는 것은 서술하여 설명하
는 글과의 차별화된 상태를 말하는 것이다. 어떤 기록적 사실을 나열하거
나 보편타당한 의미의 지식을 전달하려는 교시적인 언어가 아니라 세상
에 없는 필자 자신의 감성으로 내다보는 오직 하나의 세계를 구축하는 언
어 표현적 의미를 일컫는 말이다. 이때 독자는 새롭게 눈을 뜨고 감동하게

된다. 눈에 익숙한 언어는 인간의 감성까지 담아낼 수 있는 넓이를 지니지 못하고 있다. 포괄적인 '기쁘고, 슬프고, 아름다움'을 표현할 뿐이어서 보다 구체적인 문학 언어가 문학예술을 만든다는 사실이다. 어떻게 기쁘고 어떻게 슬프고 어떻게 아름다운지를 알게 될 때 독자의 정서는 문학 언어의 지시에 따라 흔들리게 되는 것이다. 비교적 서술성이 강한 수필문학 장르는 시 문학 장르에 비해 '의미의 형상화'에 대한 관심이 적은 편이었다. 반면 시어의 기본 양식은 낯익은 언어로부터 창조적 언어로 낯설게 하기에 치중해 왔다.

이제 수필은 더 이상 문학 장르 중 주변 문학이 아니다. 80년대 초만 하더라도 수필인구 저변확대를 위하여 노력해 왔다. 당시만 해도 400여 명에 지나지 않던 수필 인구가 현재 한국문인협회에 등록된 회원이 3,500여 명에 이르고 있다. 그만큼 질적 양적으로 수필문학 저변은 확장되었다. 따라서 오늘의 수필가들은 보다 훌륭한 작품 생산에 힘을 기울여야 하고 무엇보다 글의 구성에 대한 올바른 인식과 문학 언어에 관심을 두어야 한다는 판단이 앞선다. 제아무리 수필은 형식이 없는 글이라고 하지만 글의 기본질서인 문장과 문단의 배열을 지키지 않으면 안 된다는 생각이다.

글의 구성에 대한 문제는 비단 문학작품 속의 장르적 특성이 요구하는 구조적 형태뿐 아니라 짧은 광고문안의 산문에서도 적용되어야 할 일이다. 더구나 언어예술의 미학적 가치를 세우는 문학의 한 장르인 수필문학으로서의 구성에 대한 문제는 당연한 과제가 아닐 수 없다. 훌륭한 설계에 따라 지어진 건축물이 내실을 기하듯 훌륭한 글의 설계는 훌륭한 글을 생산해 낼 수 있을 것이다. 여기서 글의 설계는 무엇을 쓰고, 어떻게 쓸 것인가를 말한다. 그러나 '수필'의 사전적 의미는 '일정한 형식이 없이 '생각나는 대로 체험이나 감상 의견 따위를 자유롭게 적은 글'이라고 되어있다. 때문에 붓 가는 대로 쓰는 글이 '수필'이라는 인식을 심게 되었으며 대개의 사람들이 지니고 있는 상식이다.

　제아무리 수필이 붓 가는 대로 쓰는 글이라지만 아무 생각 없이 붓만 들고 무엇을 쓴다는 건 매우 어려운 일이다. 수필은 체험의 문학이며 사실의 문학이기 때문이다. 글이 체험하지 않은 일에 대한 붓놀림을 따라간다면 이는 분명 맹목적 허구의 유혹에 빠질 것이며 나아가 모호한 이야기를 더듬는 일이 되기 쉽다. 더구나 이제 수필문학은 언어 구조적 새로운 지평을 열어야 할 때이다. 지난 년 초에 최민자 수필가의 수필 몇 편을 읽고 큰 울림을 받았다. '이건 시가 아닌가. 산문 시'라고 할 수 있을 만큼 충격적인 감흥에 젖게 되었다. 시 장르라 분리한다 해도 참으로 난해한 시선으로 해독해야 했다. 문장의 흐름을 따라가 깊은 은유로 뛰어넘는 작가의 상상력에 무릎을 치고 말았다. 그러나 이는 분명 수필이라는 이름의 글이었다. 언제인가 90년대 들어 불기 시작한 문학 장르의 벽 무너짐에 대한 세미나를 통하여 시와 수필의 벽이 허물어지면, 수필과 소설의 벽이 허물어지면, 하는 예감들이 근래에 현실화되는 것이 아닌가 생각했다.

　길은 애초 바다에서 태어났다. 뭇 생명의 발원지가 바다이듯, 길도 오래전 바다에서 올라왔다. 믿기지 않는가. 지금 그대가 서 있는 길을 따라 끝까지 가 보라. 한끝이 바다에 닿아 있을 것이다. 바다는 미분화된 원형질, 신화가 꿈틀대는 생명의 카오스다. 그 꿈틀거림 속에 길이 되지 못한 뱀들이 용이 되지 못한 이무기들이 와자하게 우글대고 있다. 바다가 쉬지 않고 요동치는 것은 바람에 실려 오는 향기로운 흙내에 투명한 실뱀 같은 길의 유충들이 발버둥 치고 있어서다. 수천 겹

물의 허물을 벗고 뭍으로 기어오르고 싶어 근질거리는 살갗을 비비적거리고 있어서이다.

운이 좋으면 지금도 동해나 서해 어디쯤에서 길들이 부화하는 현장을 목도할 수 있다. 물과 흙, 소금으로 반죽된 거무죽죽한 개펄 어디, 눈부신 모래밭 한가운데서 길 한 마리가 날렵하게 튕겨 올라 가늘고 긴 꼬리로 그대를 후려치고는 송림 사이로 홀연히 사라질지 모른다. 갯벌이나 백사장 속에서 길을 발견하지 못했다 해서 의심할 일도 아니다. 첨단의 진화생물체인 길이 생명체의 주요 생존 전략인 위장술을 차용하지 않을 리 없다. 흔적 없이 해안을 빠져나가 언덕을 오르고 개울을 건너 이제 막 모퉁이를 돌아갔을지 모른다.

– 최민자의 수필 「길」 중에서

한 송이 국화꽃을 피우기 위해
봄부터 소쩍새는
그렇게 울었나 보다

한 송이 국화꽃을 피우기 위해
천둥은 먹구름 속에서
또 그렇게 울었나 보다.

– 서정주의 시 「국화 옆에서」 중에서

예문의 문장 한 편은 수필문학이지만 한 편은 시문학이다. 두 작품은 모두 다 길과 국화에 대한 사실을 객관적으로 서술하지 않고 자신의 주관적인 견해를 비 논리적으로 밝힌 글이다. 수필의 문장은 '길의 탄생'에 대한 작가적 견해로 자신의 상상의 세계를 표현하고 있다. 길을 시리석으로 만들어지는 것임에도 '태어났다'는 생명탄생의 신비를 부여하고 있으며, 길은 오래전 바다에서 '올라왔다'는 의태어를 써 동물화하고 있는 것이다. 나아가 '바다가 쉬지 않고 요동치는 것은 바람에 실려 오는 향기로운 흙내에 투명한 실뱀 같은 길의 유충들이 발버둥 치고 있어서다.'라는 길과 바다와 뱀의 유충이 하나로 동일시되는 物我一體의 세계를 펼쳐내고 있다. 시 정신의 세계는 동일시 물아일체에 있다. 바다가 파도를 데려와 요동치는 까닭은 마치 길의 유충이 길이 되고 싶어 발버둥 치는 일이라는 것이다. 실뱀 같은 길의 유충이 욕망의 사슬에 매어 요동치고 있는 그림을 감상하면서 이쯤의 상상적 형상화라면 어느 장르에 비견할 수 없는 창작의 아름다움이지 않을까 생각했다.

　서정주 시인의 시 「국화 옆에서」는 선생의 대표 시 중 하나이다. 한 송이 국화꽃을 피우기 위해 봄부터 서쪽 새가 그렇게 울었다고 하는 이 시는 봄부터 꽃을 피우기 위한 최선의 노력은 한 송이 꽃을 피워낼 수 있다는 꿈의 실현을 은유하고 있는 것이다. 또한 한 송이 국화꽃을 피우기 위해 천둥은 먹구름 속에서 또 그렇게 울었다는 의미 또한 꽃은 최상의 성과이며 그 성취를 위한 과정의 고난과 역경을 먹구름 속에서 천둥의 울음으로 비유해 내고 있다. 국화꽃과 소쩍새의 울음은 과학적 사고로 볼 때 전혀 무관한 일이지만 시인은 꽃과 소쩍새의 울음, 꽃과 먹구름 속 천둥은 무관하지 않다는 인식을 펴고 있는 것이다. 은유된 의도의 의미를 해체하여 마치 깊은 산 속 광맥을 찾아내는 듯한 시 읽기는 독자의 정서를 여는 키워드가 된다.

　'시는 죽음에서 생명으로, 무에서 유로, 침묵에서 행동으로 창조되고 변형되는 별개의 세계이다. 이성적 현실의 세계가 아니라 현실을 초월한

무한한 꿈의 세계'라고 하지만 이것을 우리는 상상이라고 하고 있다. 수필문학 속의 상상의 세계는 위의 최민자 수필가가 충분히 소화해 냈다고 본다. 근래 다수의 수필작품 감상을 통해 느낄 수 있었던 일은 좋은 수필을 쓰는 작가들이 증가되었다는 사실과 그들 작품의 구조적 흐름이다. 평생 가족의 생계를 책임지던 남편이 병상에 누워 생명의 위협 속에 불안해하던 아내가 쓴 수필은 에어리염낭거미와 남편을 비유하여 쓴 감동 어린 수필이다. 에어리염낭거미는 새끼를 낳고 자신의 육신을 새끼들의 먹이로 내어 준다는 곤충이다. 새끼들의 성장을 위해 살신성인하는 어미의 헌신을 병상에 누운 남편의 모습으로 동일시한 감동 어린 수필이었다. 낡은 풍로를 발견하고 가족에게 헌신하던 어머니를 만나는 수필 또한 기억에 남는다. 낡은 풍로의 삶은 평생 꺼져가는 집안의 불씨를 살려 꿈과 사랑을 심어주던 어머니의 쇠락한 모습이었다.

꽃게가 간장 속에
반쯤 몸을 담그고 엎드려 있다
등판에 간장이 울컥울컥 쏟아질 때
꽃게는 뱃속의 알을 꺼안으려고
꿈틀거리다가 더 낮게
더 바닥 쪽으로 웅크렸으리라
버둥거렸으리라 버둥거리다가
어찌할 수 없어서
살 속으로 스며드는 것을
한때의 어스름을
꽃게는 천천히 받아들였으리라

껍질이 먹먹해지기 전에
가만히 알들에게 말했으리라

저녁이야
불 끄고 잘 시간이야
                    - 안도현의 시 「스며드는 것」 전문

어느 머언 곳의 그리운 소식이기에
이 한밤 소리 없이 흩날리느뇨.

처마 끝에 호롱불 여위어 가며
서글픈 옛 자췬 양 흰 눈이 나려
하이얀 입김 절로 가슴이 메어
마음 허공에 등불을 켜고
내 홀로 밤 깊어 뜰에 나리면

머언 곳에 여인의 옷 벗는 소리.

희미한 눈발
이는 어느 잃어진 추억의 조각이기에
싸늘한 추회追悔 이리 가쁘게 설레이느뇨.

한줄기 빛도 향기도 없이
호올로 차단한 의상衣裳을 하고
흰 눈은 나려 나려서 쌓여
내 슬픔 그 우에 고이 서리다.
                    -김광균의 시 「설야雪夜」 전문

안도현의 시 「스며드는 것」은 항아리 속에 담겨진 꽃게가 장으로 스며드는 과정을 아린 아픔으로 그리고 있다. 어린 새끼들의 껍질에 어쩔 수 없이 스며드는 아픔을 바라보아야 했던 어미 꽃게는 몸을 움츠리며 새끼들을 위무하는 모성의 아름다움을 이 시는 보여주고 있다. 점점 몸에 스며들어 죽음에 이르는 과정을 조용히 받아들이는 어미 꽃게의 아픔은 '자 이제 잘 시간이야'라는 조용한 한 마디로 새끼들의 잠을 유도하는 것이다. 죽음의 불안을 느끼지 못하도록, 죽음의 슬픔을 알아채지 못하도록 배려하는 모성의 안타까움이 감동의 크기로 남는다. 어미 꽃게는 인물의 대리자로 평생 자식 걱정에 여념이 없는 우리의 어머니와 비유되어 존재하고 있다. 문학작품 속 비유는 언어를 새로운 의미로 탄생시키는 의도라고 했다. 한밤중 쏟아지는 눈의 경이로움을 어떤 언어로도 표현하지 못했던 시인은 '먼 곳 여인의 옷 벗는 소리'로 눈 오는 밤의 전경을 구체적으로 이미지화시켜냈다. 어떤 언어로도 다하지 못하는 시인의 감정을 절묘하게 그려낸 작품이다.

시와 수필의 언어표현논적 거리는 동전의 양면이라는 생각이다. 두 장르 모두 예술 장르의 하나이며 문학적 언어를 요구하는 까닭이다. 수필은 사실을 기조로 하지만 그 사실에 대한 깊은 사유의 크기로 짚어내야 하는 진중한 문학이다. 수필문학의 한 문장 한 문장이 의미를 담아내는 언어의 그릇이라면 어떻게 표현하는가에 따라 언어미학적 가치를 세울 수 있게 된다. 신변수필이 수필문학이라는 이름으로 존재하게 되는 지름길이 된다.

memory

[메모리]

호수문학회